HISTORIAS

Turno de noche

NOCTURNAS

En la oscuridad de la noche es cuando surgen estas historias de amor y misterio...

Editado por HARLEQUIN IBÉRICA, S.A.
Hermosilla, 21
28001 Madrid

TURNO DE NOCHE, Nº 1 - 30.8.01
Título original: Night Shift
Publicada originalmente por Silhouette Books.

I.S.B.N.: 84-396-9104-1
Depósito legal: B-31040-2001
Editor responsable: M. T. Villar
Diseño cubierta: María J. Velasco Juez
Traducción: Elías Sarhan Assy
Composición: M.T., S.L.
Avda. Filipinas, 48. 28003 Madrid
Fotomecánica: PREIMPRESIÓN 2000
c/. Matilde Hernández, 34. 28019 Madrid
Impresión: LITOGRAFÍA ROSÉS, S.A.
c/. Energía, 11. 08850 Gavá (Barcelona)

Distribuidor exclusivo para España: LOGISTA

A Kay, en Denver.
Y con mi gratitud al personal
de la WQCM.

N. R.

1

–Muy bien, búhos nocturnos, se acerca la medianoche y estáis escuchando la KHIP. Preparaos para cinco éxitos seguidos. Aquí Cilla O'Roarke y, cariños, esta es para vosotros.

Su voz era como whisky caliente, suave y poderosa. Rica, ronca, con un leve toque del Sur, podría haber sido creada para las ondas radiofónicas. Cualquier hombre de Denver que estuviera sintonizado con su frecuencia creería que solo le hablaba a él.

Puso la primera de las cinco canciones prometidas a sus oyentes. Habría podido quitarse los auriculares para concederse tres minutos y veintidós segundos de silencio, pero prefería el sonido. Su gusto por la música era uno de los motivos de su éxito en la radio.

Su voz era un atributo natural. Había conseguido su primer trabajo, en una emisora pequeña en la zona rural de Georgia, sin tener experiencia ni currículum y recién salida del instituto. Y era perfectamente consciente de que el puesto lo había conseguido por su voz, además de su disposición a trabajar prácticamente gratis, a preparar café y a suplir a la recepcionista de la emisora. Diez años más tarde, la voz no era la única habilidad que poseía. Aunque a menudo desnivelaba la balanza.

Jamás había encontrado tiempo para estudiar la carrera de ciencias de la información que aún anhelaba. Pero podía, y lo había hecho, ocupar el puesto de un ingeniero, un locutor de noticias, un entrevistador y un director de programa. Poseía una memoria enciclopédica para las canciones y los artistas, y respeto por ambos. La radio había sido su hogar durante una década y le encantaba.

Su personalidad plácida y seductora en antena a menudo chocaba con la mujer intensa, organizada y ambiciosa que rara vez dormía más de seis horas y que por lo general comía a la carrera. La imagen pública de Cilla O'Roarke era la de una sexy princesa de la radio que trataba con celebridades y tenía un trabajo lleno de encanto y diversión. Pero lo cierto era que pasaba una media de diez horas al día en la emisora, estaba firmemente decidida a que su hermana menor acabara la universidad y en dos años no había tenido ninguna cita los sábados por la noche.

Y tampoco la quería.

Dejó los auriculares a un lado y volvió a comprobar el programa para el siguiente bloque de quince minutos. La cabina permaneció en silencio. Solo estaban Cilla, las luces y los mandos de la mesa de control. De esa manera era como más le gustaba.

Cuando seis meses atrás aceptó el puesto en la KHIP de Denver, había luchado por la franja horaria de diez de la noche a dos de la mañana, habitualmente reservada para los pinchadiscos novatos. Con un éxito creciente y diez años de experiencia a su espalda, podría haber obtenido una franja diurna, cuando la audiencia era máxima. Prefería la noche, y en los últimos cinco años se había ido ganando un nombre en esas horas solitarias.

Le gustaba estar sola y transmitir su voz y la música a otras personas que vivían de noche.

Sin apartar la vista del reloj, se puso los auriculares. Entre el fundido del éxito número cuatro y la introducción del número cinco, musitó el nombre de la emisora y su frecuencia. Tras un rápido descanso en el que pondría una cinta con noticias grabadas, comenzaría la parte favorita de su programa. Las peticiones de los oyentes.

Le encantaba ver cómo se iluminaban las líneas telefónicas y disfrutaba oyendo las voces. Durante cincuenta minutos cada noche eso la sacaba de su cabina y le demostraba que había personas reales con vidas reales que la escuchaban.

Encendió un cigarrillo y se recostó en el sillón giratorio. Ese sería su último momento de tranquilidad en los próximos sesenta minutos.

No parecía ser una mujer sedentaria. Ni, a pesar de su voz, daba la impresión de ser una mujer fatal. Había demasiada energía en su rostro y en su cuerpo largo e inquieto para ser alguna de esas cosas. Llevaba las uñas sin pintar, al igual que los labios. Casi nunca encontraba tiempo en su agenda para entretenerse con la laca y el carmín. Tenía sus ojos castaños casi cerrados mientras dejaba que su cuerpo se relajara. Las pestañas eran largas, herencia de su padre soñador. En contraste con las pestañas sedosas y la tez pálida, sus facciones eran fuertes y angulosas. Había sido bendecida con una mata de pelo negro ondulado que de forma implacable siempre se echaba para atrás o se recogía en deferencia a los cascos.

Miró otra vez la hora, apagó el cigarrillo y bebió un poco de agua, luego abrió el micro. El letrero «*En el Aire*» brilló de color verde.

–Eso ha sido para todos los amantes que están ahí afuera, sin importar que tengáis con quién abrazaros esta noche o deseéis tenerlo. No os vayáis. Aquí Cilla O'Roarke, Denver. Estáis escuchando la KHIP. Volveremos con las peticiones.

Al poner la cinta para una publicidad, alzó la vista.

–Eh, Nick. ¿Cómo va todo?

Nick Peters, el estudiante universitario que ocupaba el puesto de becario en la emisora, se ajustó las gafas de montura oscura y sonrió.

–Saqué un sobresaliente en el examen de literatura.

–Estupendo –agradecida, aceptó la taza de café humeante que le ofreció–. ¿Sigue nevando?

–Paró hace más o menos una hora.

Ella asintió y se relajó un poco. Había estado preocupada por Deborah, su hermana menor.

–Supongo que las calles están fatal.

–No tan mal. ¿Quieres algo para acompañar al café?

Le sonrió, con la mente demasiado ocupada como para notar la adoración que había en los ojos de él.

–No, gracias. Antes de marcharte, cómete algunos de esos donuts duros –activó un interruptor y volvió a hablar por el micro.

Mientras leía los anuncios de la emisora, él la observó. Sabía que era inútil, incluso una estupidez, pero estaba locamente enamorado de Cilla. Para Nick era la mujer más hermosa del mundo, y en comparación hacía que las mujeres de la universidad parecieran sombras desmañadas y larguiruchas de lo que debería ser una mujer de verdad. Era fuerte y sexy, y tenía éxito. Y apenas era consciente de su existencia. Cuando se fijaba en él, lo hacía con una sonrisa distraídamente amistosa o un gesto.

Durante más de tres meses había estado haciendo acopio de valor para invitarla a salir y fantaseando con lo que sería tener la atención de ella centrada en él, solo en él, durante una velada entera.

Ella no lo había notado. De conocer los derroteros que había seguido la mente de Nick, Cilla se habría sentido más divertida que halagada. Él apenas tenía veintiún años, cronológicamente siete años menor que ella. Y décadas más joven en todos los demás sentidos. A Cilla le caía bien. Era discreto y eficiente, y no temía el trabajo duro.

En los últimos meses había llegado a contar con los cafés que le llevaba antes de marcharse. Y a disfrutar sabiendo que estaría completamente sola mientras lo bebía.

–Nos veremos mañana –dijo él, mirando la hora.

–¿Mmm? Oh, claro. Buenas noches, Nick –en cuanto atravesó la puerta, olvidó su existencia. Apretó una de las teclas iluminadas del teléfono–. KHIP. Estás en antena.

–¿Cilla?

–La misma. ¿Quién eres?

–Soy Kate.

–¿Desde dónde llamas, Kate?

–Desde mi casa... en Lakewood. Mi marido es taxista. Tiene el turno de noche. Los dos escuchamos tu programa todas las noches. ¿Podrías poner *Peaceful, Easy Feeling*, para Kate y Ray?

–La tendrás, Kate. No nos dejes –apretó el siguiente botón–. KHIP. Estás en antena.

El programa fue como la seda. Cilla daba entrada a las llamadas y apuntaba las canciones y las dedicatorias. El pequeño estudio se hallaba rodeado de estanterías atestadas de vinilos y discos compactos, todos etiquetados para conseguir un acceso fácil. Después de un puñado de llamadas ponía anuncios para darse tiempo para preparar el primer bloque de canciones.

Algunos de los que llamaban repetían, de modo que charlaba con ellos unos momentos. Otros eran solitarios, que llamaban para oír el sonido de otra voz. Entremezclado con ellos aparecía algún chiflado con el que bromearía o a quien desconectaría. En todos sus años de contestar llamadas en directo, no podía recordar ni un minuto de aburrimiento.

En la seguridad de la cabina de control era capaz, como nunca lo había sido cara a cara, de relajarse y desarrollar una relación fácil con los desconocidos. Nadie que oyera su voz sospecharía que era tímida o insegura.

–KHIP. Estás en antena.

–Cilla.

–Sí. Tendrás que hablar, amigo. ¿Cómo te llamas?

–Eso no importa.

–De acuerdo, señor X –se secó unas palmas de repente húmedas sobre los vaqueros. El instinto le indicó que esa llamada le daría problemas–. ¿Tienes una petición?

–Quiero que pagues, zorra. Voy a hacerte pagar. Cuando haya terminado, me darás las gracias por matarte. Jamás lo olvidarás.

Se quedó paralizada, se maldijo por la reacción y lo cortó en medio de una andanada de obscenidades. Gracias a un estricto control consiguió que la voz no le temblara.

–Vaya. Parece que hay alguien un poco enfadado hoy. Si era el agente Marks, voy a pagar las multas de aparcamiento, lo juro. Esta canción es para Joyce y Larry.

Puso el último éxito de Springsteen, luego se recostó y, con manos inseguras, se quitó los auriculares.

«Estúpida». Se levantó para ir a buscar la siguiente petición. Después de tantos años, tendría que haber interrumpido mucho antes la llamada de ese lunático. Extraño era el día en que no recibiera al menos una. Había aprendido a manejar a los raros, a los airados, las proposiciones y las amenazas con la misma habilidad con la que manejaba los mandos de la mesa de control.

«Todo forma parte del trabajo», se recordó. Era parte de ser una personalidad pública, en especial en el turno de noche, donde los raros siempre eran más raros.

Pero se descubrió mirando por encima del hombro, a través del oscuro cristal de la cabina, hacia el corredor poco iluminado. Solo había sombras y silencio. Debajo del jersey grueso la piel le temblaba por un sudor frío. Estaba completamente sola.

«Y la emisora está cerrada», se dijo al dar entrada a la siguiente canción. «Y la alarma activada». Si saltaba, la policía de Denver aparecería en unos minutos. Se hallaba tan segura como lo estaría en la caja fuerte de un banco.

Pero bajó la vista a las luces parpadeantes del teléfono y sintió miedo.

La nieve había parado, pero su aroma permanecía en el frío aire de marzo. Mientras conducía, Cilla mantuvo la ventanilla bajada unos centímetros y la radio a todo volumen. La combinación de viento y música la tranquilizó.

No la sorprendió descubrir que Deborah la esperaba. Entró por el acceso de coches de la casa que había comprado apenas seis meses atrás y notó con irritación y alivio que todas las luces estaban encendidas.

La irritaba porque significaba que Deborah se hallaba despierta y preocupada. Y la aliviaba porque la tranquila calle de aquella zona residencial parecía muy abandonada, haciendo que se sintiera vulnerable. Apagó el motor y el sonido del tranquilo programa de Jim Jackson. En cuanto reinó el silencio absoluto sintió el corazón en un puño.

Soltó un juramento, cerró de un portazo y arrebujada en su abrigo avanzó bajo el viento. Deborah salió a su encuentro en la puerta.

–Eh, ¿mañana a las nueve no tienes una clase? –se quitó el abrigo y lo colgó en el armario de la entrada. Captó el aroma a chocolate caliente y limpiamuebles; suspiró. Cuando estaba tensa, Deborah siempre se ponía a limpiar la casa–. ¿Qué haces levantada a esta hora?

–Lo oí. Cilla, ese hombre...

–Vamos, cariño –se volvió y abrazó a su hermana. Con su albornoz, aún le parecía que Deborah tenía doce años. Era la persona a la que más quería en el mundo–. Solo era otro chalado inofensivo.

–No parecía inofensivo, Cilla –aunque bastantes centímetros más baja, Deborah la inmovilizó. Tenían una boca parecida; ambas eran carnosas, sensuales y obstinadas. Pero las facciones de Deborah eran más suaves y menos angulosas. Sus ojos eran de un azul brillante. En ese momento irradiaban preocupación–. Creo que deberías llamar a la policía.

–¿A la policía? –como esa opción no se le había pasado por la cabeza, pudo reír–. Una llamada obscena y quieres que vaya corriendo a la policía. ¿Por qué clase de mujer de los noventa me tomas?

–No es una broma –Deborah metió las manos en los bolsillos del albornoz.

–Muy bien, no se tata de una broma. Deb, las dos sabemos lo poco que podría hacer la policía acerca de una llamada desagradable a una emisora de radio en medio de la noche.

–Sonó cruel –con un suspiro impaciente, se volvió–. Me asustó.

–A mí también.

–Tú jamás te asustas –la risa de Deborah fue rápida y un poco tensa.

«Siempre me asusto», pensó Cilla, pero sonrió.

–Esta vez sí. Pero no volvió a llamar, lo que demuestra que fue algo aislado. Vete a la cama –pasó la mano por el pelo oscuro y tupido de su hermana–. Jamás llegarás a ser la mejor abogada de Colorado si te pasas toda la noche dando vueltas.

–Me acostaré si lo haces tú.

–Trato hecho –dijo, aunque sabía que pasarían horas antes de que su mente y su cuerpo se tranquilizaran. Con un brazo rodeó los hombros de su hermana.

Él mantenía la habitación a oscuras, salvo por la luz de unas pocas velas titilantes. Le gustaba su resplandor místico y espiritual y el aroma soñador y religioso que emanaban. El cuarto era pequeño, pero estaba lleno de recuerdos... trofeos de su pasado. Cartas, instantáneas, algunos animalitos de porcelana, cintas descoloridas por el tiempo. Sobre sus rodillas reposaba un cuchillo de caza de hoja larga, que brillaba tenuemente bajo la luz cambiante, y junto a su codo, sobre un tapete pequeño hecho a mano y almidonado, había una 45 bien engrasada.

En la mano sostenía una foto enmarcada en palo de rosa. La contempló, le habló, derramó lágrimas amargas sobre ella. Era la única persona a la que había querido, y lo único que le quedaba era una foto que poder llevarse al pecho.

John. El inocente y confiado John. Engañado por una mujer. Utilizado por una mujer. Traicionado por una mujer.

El amor y el odio se fundieron mientras se mecía. Ella iba a pagarlo. Pagaría el precio final. Pero primero sufriría.

Recibió la llamada, una única y desagradable llamada, cada noche. A finales de semana, Cilla tenía los nervios a flor de piel. No era capaz de bromear sobre ello ni en privado ni en antena. Solo daba las gracias por haber aprendido a reconocer la voz, esa voz tensa y dura con una corriente oculta de furia; cortaba en cuanto oía unas pocas palabras.

Entonces se quedaba sentada y aterrorizada, sabiendo que volvería a llamar, que estaba allí, justo al otro lado de las luces que parpadeaban, a la espera para atormentarla.

¿Qué había hecho?

Después de poner a las dos de la mañana las noticias y los anuncios grabados, apoyó los codos en la mesa y bajó la cabeza a las manos. Rara vez dormía mucho o profundamente, y en la última semana apenas había conseguido dormitar algo. Sabía que empezaba a notarse, en sus nervios, en su concentración.

¿Qué había hecho?

Esa pregunta la acosaba. ¿Qué habría podido hacer para que alguien la odiara? Había reconocido el odio arraigado en la voz. Sabía que en ocasiones podía ser brusca e impaciente con la gente. Había veces en que era insensible. Pero jamás había herido a nadie adrede. ¿Qué había hecho para tener que pagar por ello? ¿Qué crimen, real o imaginado, había cometido para que esa persona se centrara en ella en busca de venganza?

Por el rabillo del ojo vio movimiento. Una sombra entre las sombras del pasillo. El pánico la atravesó y se puso de pie de un salto, golpeándose la cadera con la consola. La voz a la que diez minutos atrás había desconectado reverberaba en su cabeza. Observó, rígida por el miedo, cómo giraba el pomo de la puerta de la cabina.

No había escapatoria. Con la boca reseca, se preparó para la pelea.

–¿Cilla?

–Mark –con el corazón palpitándole con fuerza, se dejó caer en el sillón y maldijo sus nervios.

–Lo siento, te he asustado.

–Solo de muerte –con un esfuerzo, le sonrió al director de la emisora. Tenía treinta y tantos años y era muy atractivo. Llevaba el pelo oscuro peinado con estilo y tendiendo a largo, lo que añadía más juventud a su cara suave y bronceada. Como de costumbre, su ropa estaba cuidadosamente a la moda–. ¿Qué haces aquí a estas horas?

–Ha llegado el momento de hacer algo más que hablar de esas llamadas.

–Tuvimos una reunión unos días atrás. Te dije...

–Me dijiste –convino–. Tienes la costumbre de decirme lo que tengo que hacer, y también a los demás.

–No pienso tomarme unas vacaciones –giró en el sillón para encararlo–. No tengo adónde ir.

–Todo el mundo tiene un sitio al que ir –levantó una mano antes de que ella pudiera interrumpirlo–. No pienso discutir más sobre esto. Sé que te resulta un concepto difícil de comprender, pero soy el jefe.

–¿Qué vas a hacer? –tiró de la parte inferior de la sudadera–. ¿Despedirme?

Él no sabía que Cilla contuvo el aliento después de manifestar el desafío. Aunque hacía meses que trabajaba con ella, no había profundizado demasiado más allá de la fachada para entender lo precaria que era su autoestima. Si en ese momento la hubiera amenazado, ella habría cedido. Pero lo único que sabía Mark era que su programa le había insuflado vida nueva a la emisora. Los índices de audiencia se habían disparado.

–Eso no nos beneficiaría a ninguno –apoyó una mano en el hombro de ella–. Mira, me tienes preocupado, Cilla. Todos estamos preocupados.

La conmovió y, como de costumbre, la sorprendió.

–Solo habla –«de momento». Deslizó el sillón hacia los platos y preparó la siguiente canción.

–No pienso quedarme con los brazos cruzados mientras una de mis locutoras es acosada. He llamado a la policía.

–Maldita sea, Mark –se incorporó de un salto–. Te dije...

–Me dijiste –sonrió–. No volvamos por ese camino. Eres un activo de la emisora. Y me gustaría pensar que somos amigos.

Volvió a sentarse y estiró los pies enfundados en botas.

–Claro. Un segundo –se esforzó por concentrarse, anunció la siguiente canción y la puso. Señaló el reloj–. Dispones de tres minutos y quince segundos para convencerme.

–Es muy sencillo, Cilla. Lo que hace ese tipo va contra la ley. Jamás debí dejar que me persuadieras de que se prolongara tanto.

–Si no le hacemos caso, se cansará.

–Tu sistema no funciona –volvió a apoyar la mano en su hombro y con paciencia trató de soltar los músculos tensos–. Así que ahora vamos a probar con el mío. Hablarás con la policía o te tomarás unas vacaciones no programadas.

Derrotada, alzó la vista y logró sonreír.

–¿Te impones a tu mujer de esta manera?

–Todo el tiempo –sonrió y se inclinó para darle un beso en la frente–. Le encanta.

–Perdonen.

Cilla se retiró con lo que supo que bien podía ser tomado por un gesto de culpabilidad. Las dos personas que había en la puerta de la cabina la estudiaron con lo que reconoció como distanciamiento profesional.

La mujer parecía la reproducción de una modelo, con una mata de pelo rojo que le caía sobre los hombros y unos zafiros pequeños y elegantes en las orejas. Su tez tenía el tono delicado de la porcelana de la pelirroja verdadera. Su cuerpo era pequeño y sólido y llevaba un traje pantalón de tonalidades azules y verdes.

El hombre que había a su lado daba la impresión de que hubiera pasado un mes en el campo conduciendo ganado. El pelo rubio estaba aclarado por el sol y le caía sobre el cuello de una camisa vaquera. Lucía unos vaqueros gastados y de cadera baja sobre unas piernas que a Cilla le parecieron interminables. Se apoyaba en el marco con gesto desgarbado mientras la mujer se mantenía en posición de firme. Tenía las botas con arañazos, pero llevaba una chaqueta clásica de *tweed* sobre la camisa.

No sonreía. Cilla estudió su cara más tiempo del necesario. Era enjuta y en la barbilla exhibía un leve hoyuelo. La piel bronceada estaba tersa y la boca, que seguía sin sonreír, era ancha y firme. Los ojos, clavados en ella con tanta intensidad que hacía que quisiera encogerse, eran de un verde botella.

–Señor Harrison –dijo la mujer. Cilla pensó que percibía un destello de diversión en sus ojos cuando se adelantó–. Espero que le hayamos dado suficiente tiempo.

Cilla miró a Mark con expresión asesina.

–Dijiste que los habías llamado. No que esperaban fuera.

–Ahora ya lo sabes –mantuvo una mano en su hombro, pero en esa ocasión más para contenerla que para tranquilizarla–. Les presento a la señorita O'Roarke.

–Yo soy la detective Grayson. Este es mi compañero, el detective Fletcher.

–Gracias otra vez por esperar –Mark les indicó que pasaran. El hombre se apartó con pereza del marco de la puerta.

–El detective Fletcher y yo estamos acostumbrados. Nos vendría bien un poco más de información.

–Como ya saben, la señorita O'Roarke ha estado recibiendo algunas llamadas perturbadoras.

–Simples locuras –manifestó Cilla, irritada porque la soslayaran–. Mark no tendría que haberse molestado.

–Se nos paga para eso –Boyd Fletcher apoyó su cadera estrecha sobre la mesa–. ¿Así que trabaja aquí?

Había suficiente insolencia en sus ojos para crisparla.

–Apuesto a que es un detective extraordinario.

–Cilla –cansado de desear estar en su casa junto a su mujer, Mark la miró con el ceño fruncido–. Cooperemos –volvió a centrarse en los detectives–. Las llamadas empezaron durante el programa del martes pasado. Ninguno de nosotros les prestó mucha atención, pero continuaron. La última fue esta noche, a la una menos veinticinco.

–¿Las tienen grabadas? –Althea Grayson ya había sacado su cuaderno de notas.

–Empecé a grabarlas después de la tercera llamada –al ver la mirada sorprendida de Cilla, Mark se encogió de hombros–. Una precaución. Tengo las cintas en mi despacho.

–Adelante –Boyd asintió en dirección a Althea–. Yo le tomaré declaración a la señorita O'Roarke.

–Coopera –insistió Mark y se llevó a la detective.

En el silencio que siguió, Cilla sacó un cigarrillo del paquete casi vacío y lo encendió con movimientos rápidos y bruscos. Boyd aspiró el aroma con añoranza. Había dejado de fumar hacía seis semanas, tres días y doce horas.

–Una muerte lenta –comentó.

–Quería una declaración –Cilla lo observó a través de la nube de humo.

–Sí –curioso, alargó la mano para jugar con un interruptor. Automáticamente ella le apartó los dedos.

–Las manos fuera.

Boyd sonrió. Tuvo la clara sensación de que se refería a ella tanto como al equipo.

Antes de dar la entrada a un éxito consagrado, abrió el micro y aportó los datos de la canción que terminaba: título, artista, el nombre de la emisora y el suyo.

–Que sea rápido –informó–. No me gusta tener compañía durante mi programa.

–Usted no es exactamente lo que esperaba.

–¿Perdón?

«Desde luego que no», pensó. Era mucho más de lo que había esperado.

–He sintonizado su programa algunas veces –comentó relajado. De hecho, bastantes veces. Había perdido más de unas horas de sueño escuchando esa voz. Sexo líquido–. Ya sabe, me había hecho una imagen. Un metro setenta –la observó de la cabeza a los pies–. Creo que ahí estuve cerca. Pero la imaginé rubia, con el pelo hasta la cintura, ojos azules, mucha... personalidad –volvió a sonreír, disfrutando con la irritación que veía en sus ojos. Grandes y castaños. Llegó a la conclusión de que era mucho más atractiva que su fantasía.

–Lamento haberlo decepcionado.

–No he dicho que lo hiciera.

Ella dio una calada y adrede soltó el humo en su dirección. Si una cosa sabía hacer, era desanimar a un varón desagradable.

–¿Quiere o no una declaración?

–Para eso he venido –sacó un bloc y un lápiz corto del bolsillo de la chaqueta–. Dispare.

Con términos concisos y desapasionados repasó cada llamada, las horas a las que se habían producido, las frases utilizadas. Mientras hablaba no dejó de trabajar, introduciendo cintas grabadas de anuncios, poniendo un disco compacto, cambiando un vinilo por otro.

Boyd enarcó una ceja mientras escribía. Iba a comprobar las cintas, desde luego, pero tuvo la impresión de que ella le estaba dando una transcripción palabra por palabra. En su trabajo respetaba la buena memoria.

–¿Cuánto lleva en la ciudad? ¿Seis meses?

–Más o menos.

–¿Se ha ganado enemigos?

–Un vendedor de enciclopedias. Le cerré la puerta en la cara.

La miró. Intentaba mostrar ligereza, pero había aplastado el cigarrillo y en ese momento se mordía la uña del dedo pulgar.

–¿Ha dejado a algún novio?

–No.

–¿Lo tiene?

–Usted es el detective –soltó con ojos centelleantes–. Averígüelo.

–Lo haría... si fuera algo personal –volvió a levantar los ojos en una mirada tan directa que a Cilla comenzaron a sudarle las palmas de las manos–. Ahora mismo estoy cumpliendo con mi trabajo. Los celos y el rechazo son motivadores poderosos. Según su declaración, la mayoría de los comentarios que le hizo tenían que ver con sus hábitos sexuales.

Hablar sin rodeos era su principal virtud, pero no estaba dispuesta a contarle que su único hábito sexual era la abstinencia.

–En este momento no salgo con nadie –respondió.

–Bien –apuntó algo–. Esa ha sido una observación personal.

–Mire, detective...

–Frene los cohetes, O'Roarke –interrumpió con suavidad–. Fue una observación, no una proposición –la observó detenidamente–. Estoy de servicio. Necesitaré una lista con los nombres de los hombres con los que ha mantenido contacto en un plano personal. De momento solo en los últimos seis meses. Puede dejar fuera al vendedor de enciclopedias.

–No salgo con nadie –cerró las manos al levantarse–. No he salido con nadie. No tengo deseos de salir con nadie.

–Nadie ha dicho jamás que el deseo fuera unilateral –aunque en ese momento estaba convencido de que el suyo sí lo era.

De pronto ella se sintió muy cansada. Se pasó una mano por el pelo e hizo acopio de paciencia.

–Cualquiera podría ver que ese tipo está colgado con una voz de la radio. Ni siquiera me conoce. Lo más probable es que jamás me haya visto. Soy solo una imagen –aseveró–. En este negocio es algo que pasa constantemente. No he hecho nada.

–No dije que lo hiciera.

En la voz de él ya no había ningún tono de broma. La súbita gentileza que mostró hizo que a Cilla le diera vueltas la cabeza y que las lágrimas amenazaran con caer. «Es por el exceso de trabajo y de tensión», se dijo. Le dio la espalda y luchó por recuperar el control.

Boyd pensó que era una mujer dura. El modo en que cerró las manos a los costados mientras batallaba con sus emociones resultaba mucho más atractivo y sexy que unos suspiros o gestos de impotencia.

Le habría gustado acercarse, susurrarle unas palabras de consuelo o seguridad, alisarle el cabello. Pero sin duda le arrancaría la mano de un mordisco.

–Quiero que piense en los últimos meses, que trate de recordar algo que haya podido conducir a esto, aunque parezca insignificante y carente de importancia –su tono había vuelto a cambiar. En ese instante sonaba enérgico y desapasionado–. No podemos interrogar a todos los hombres de la zona metropolitana de Denver. No funciona de esa manera.

–Sé cómo trabajan los polis.

La amargura que oyó en su voz hizo que Boyd frunciera el ceño. Allí había algo, pero ese no era el momento de ahondar en ello.

–¿Reconocería la voz si la oyera otra vez?

–Sí.

–¿Tiene algo familiar?

–Nada.

–¿Cree que estaba disfrazada?

Movió los hombros, pero cuando se volvió hacia él, exhibió control.

–La mantiene contenida y baja. Es como... como un siseo.

–¿Alguna objeción para que permanezca aquí durante el programa de mañana?

–Muchas –lo observó.

–Iré a planteárselo a su jefe.

Disgustada, ella alargó la mano hacia el paquete de cigarrillos. Él cerró una mano dura sobre la suya. Cilla contempló los dedos entrelazados, aturdida al darse cuenta de que el pulso se le había disparado.

–Deje que haga mi trabajo, Cilla. Sería mucho más sencillo si permitiera que la detective Grayson y yo nos ocupáramos de todo.

–Nadie se ocupa de mi vida –apartó la mano y la metió en el bolsillo.

–Entonces, solo de esta pequeña parte –antes de que ella pudiera detenerlo, alargó los dedos y le sujetó un mechón de pelo detrás de la oreja–. Vaya a casa a dormir algo. Parece extenuada.

–Gracias –retrocedió y se obligó a sonreír–. Ya me siento mucho mejor.

Aunque se opuso, no pudo evitar que él esperara

hasta que terminó el programa. Ni su falta de entusiasmo lo desanimó para acompañarla hasta el coche, recordándole que cerrara la puerta y esperando hasta que se marchó. Perturbada por la manera en que la había mirado, lo observó por el retrovisor hasta que lo perdió de vista.

–Justo lo que me hacía falta –musitó en voz alta–. Un poli vaquero.

Momentos más tarde, Althea se reunió con Boyd en el aparcamiento. Llevaba las cintas en el bolso junto con la declaración de Mark.

–Bueno, Fletcher... –apoyó una mano en su hombro–... ¿cuál es el veredicto?

–Es dura como el acero, terca y con más espinas que una alambrada –con las manos en los bolsillos, se apoyó en los tacones de las botas–. Supongo que debe de ser amor.

2

«Es buena», pensó Boyd mientras se bebía el café sin azúcar y la miraba trabajar. Cilla manejaba los mandos de la mesa de control de forma automática, lo cual hablaba de mucha experiencia. La sincronización entre la música, los anuncios y su voz era perfecta y relajada. Y sus uñas estaban todas comidas.

Era un manojo de nervios y hostilidad. Los nervios los intentaba esconder. Pero no se tomaba las mismas molestias con la hostilidad. En las dos horas que llevaban juntos en la cabina, apenas le había dirigido una palabra. Toda una proeza en ese espacio reducido.

No le importaba. Como policía, estaba acostumbrado a encontrarse donde no lo querían. Y encima disfrutaba de ella.

Le gustaba su trabajo. Las cosas como la irritación, la animosidad y la beligerancia no le hacían mella. Resultaba mucho más fácil ocuparse de unas emociones negativas que de una bala del 45. Había recibido el impacto de ambas.

Aunque se habría sentido incómodo con el término filósofo, tenía la costumbre de analizarlo todo hasta desmenuzarlo. En el fondo de eso estaba la creencia elemental en el bien y el mal.

Era lo bastante inteligente como para saber que el crimen a menudo se salía con la suya. La satisfacción radicaba en desempeñar un papel para impedir que dejara demasiados beneficios. Era un hombre paciente. Si necesitaba seis horas o seis meses para capturar a un malhechor, los resultados seguirían siendo los mismos. Que los buenos ganarían.

Estiró las largas piernas y continuó leyendo el libro que había llevado mientras la voz de Cilla lo envolvía. Esa voz hacía que pensara en hamacas de porches, cálidas noches de verano y el sonido lento de las aguas de un río. En contraste directo con la tensión y la energía inquieta que vibraba a través de ella. Se contentaba con poder disfrutar de lo primero y meditar en lo segundo.

Su presencia allí la estaba volviendo loca. Cilla introdujo una publicidad, comprobó la lista de canciones y adrede lo soslayó. O eso intentó. No le gustaba tener compañía en la cabina. No importaba que cuando desanimó con frialdad la conversación él se sentara a leer un libro... no la novela de vaqueros o de aventuras que había esperado, sino un ejemplar de bolsillo de *Al Este del Edén*, de Steinbeck. Tampoco importaba que hubiera permanecido pacientemente silencioso durante casi dos horas.

Estaba allí. Y con eso bastaba.

No podía fingir que las llamadas se hubieran detenido, que no significaran nada, que su vida hubiera vuelto a la normalidad. No con ese vaquero larguirucho leyendo la Gran Novela americana en un rincón de la cabina, haciendo que prácticamente tuviera que trepar por su cuerpo para sacar los álbumes guardados en la pared de atrás. Le ponía los nervios a flor de piel.

La irritaba por eso, por su intrusión y por el simple hecho de que era un poli.

«Pero eso es algo personal», se recordó. Tenía que desempeñar un trabajo.

–INXS nos acaba de llevar hasta la medianoche. Es un día nuevo, Denver. Veintiocho de marzo, pero no nos vamos a ir como corderos. A las doce y dos minutos estamos bajo cero, así que seguid en antena y calentaos. Escucháis la KHIP, donde recibís más éxitos por hora. A continuación las noticias y luego la hora de las peticiones. Llamad, que vamos a bailar.

Boyd esperó hasta que puso las noticias antes de marcar la hoja del libro y levantarse. Pudo sentir que la tensión se espesaba al sentarse en la silla que había junto a ella.

–No quiero que lo corte.

–Mis oyentes no me sintonizan para esa clase de programa –se puso rígida y trató de mantener la voz sarcástica.

–Manténgalo en línea, en los altavoces del estudio, sin emitirlo por antena, ¿de acuerdo?

–Sí, pero no quiero que...

–Ponga una publicidad o algo de música –indicó con suavidad–, pero manténgalo en línea. Quizá tengamos suerte y localicemos la llamada. Y si puede, mantenga la línea de peticiones abierta hasta el fin del programa, para darle tiempo suficiente para que actúe.

Cerró las manos con fuerza sobre el regazo mientras observaba las luces que ya parpadeaban. Él tenía razón. Lo sabía. Y odiaba eso.

–Son demasiadas molestias para un tipo al que le falta un tornillo.

–No se preocupe –sonrió un poco–. Me pagan lo mismo por que les falte un tornillo o los tengan todos.

Cilla miró la hora, carraspeó y abrió el micro.

–Hola, Denver, aquí Cilla O'Roarke en la KHIP. Estáis escuchando la emisora más caliente de las Montañas Rocosas. Aquí tenéis la oportunidad de hacer que sea aún más caliente. Las líneas están abiertas. Os pondré lo que deseéis escuchar, así que llamadme al 555-KHIP. Eso es el 555 54 47 –el dedo le tembló un poco al apretar la primera tecla iluminada–. Cilla O'Roarke. Estás en el aire.

–Hola, Cilla, soy Bob, de Englewood.

Cerró los ojos aliviada. Era un oyente habitual.

–Eh, Bob. ¿Cómo estás?

–Muy bien. Esta noche mi mujer y yo celebramos nuestro decimoquinto aniversario.

–Y decían que no duraría. ¿Qué canción te gustaría oír, Bob?

–*Cherish*, para Nancy, de Bob.

–Bonita elección. Que cumpláis quince años más, Bob.

Con el bolígrafo en una mano, aceptó la segunda llamada y luego la tercera. Boyd la observó tensarse después de cada una. Cilla charlaba y bromeaba. Y se ponía cada vez más pálida. En el primer descanso, sacó un cigarrillo del paquete y luchó con una cerilla. En silencio, él se la quitó de los dedos y la encendió.

–Lo hace muy bien.

Ella dio una calada honda. Paciente, él esperó que respondiera.

–¿Tiene que mirarme?

–No –entonces sonrió con un gesto perezoso que provocó la misma reacción en ella–. Un hombre tiene derecho a disfrutar de beneficios colaterales.

–Si esto es lo mejor que sabe hacer, debería buscarse otro trabajo.

–El mío me gusta –cruzó un tobillo sobre una rodilla–. Mucho.

Cilla decidió que resultaba más fácil hablar con él que contemplar las luces encendidas y preocuparse.

–¿Hace tiempo que es policía?

–Va para diez años.

Ella volvió a estudiarlo y se esforzó en relajarse concentrándose en su cara. «Tiene ojos serenos», pensó. «Oscuros y serenos. Ojos que han visto mucho y aprendido a vivir con eso». En ellos había una especie de fortaleza sosegada, de esa que atraía a las mujeres... al menos a algunas. Boyd protegería y defendería. No iniciaría una pelea. Pero sí la concluiría.

Irritada consigo misma, apartó la vista y se ocupó con sus notas. No necesitaba que la protegieran ni la defendieran. Bajo ningún concepto necesitaba que alguien peleara por ella. Siempre había cuidado de sí misma. Y siempre lo haría.

–Es un trabajo horrible –comentó–. Ser policía.

–Casi siempre –se movió y con la rodilla le rozó el muslo.

Instintivamente, ella apartó el sillón unos centímetros.

–Cuesta imaginar por qué alguien aguantaría diez años en un trabajo horrible.

–Imagino que me gusta la rutina –simplemente sonrió.

Ella se encogió de hombros y se volvió hacia el micro.

–Esa canción ha sido para Bill y Maxine. Nuestras líneas siguen abiertas. 555 54 47 –después de respirar hondo, apretó un botón–. KHIP. Estás en el aire.

Todo salía tan bien que comenzó a relajarse. Contestó una llamada tras otra y logró entrar en su ritmo de siempre. Poco a poco empezó a disfrutar otra vez de la música, a fluir con ella. Las luces que palpitaban en el teléfono ya no le parecieron amenazadoras. A las dos menos cuarto de la mañana, estaba segura de que no se produciría ningún incidente.

«Solo una noche», se dijo. «Si no llama hoy, se habrá acabado». Miró la hora y observó el paso de los segundos. Faltaban ocho minutos de programa para pasarle el testigo a Jackson. Se iría a casa, se daría un baño caliente y dormiría como un bebé.

–KHIP. Estás en el aire.

–Cilla.

El siseo susurrado fue como una inyección de hielo por sus venas. De forma instintiva alargó la mano para cortar la conexión, pero Boyd le aferró la muñeca y movió la cabeza. Durante un momento ella se debatió con el pánico. Él no la soltó y sus ojos le transmitieron calma y firmeza.

–Sí –repuso después de poner una cinta con anuncios grabados–. Aquí Cilla. ¿Qué quieres?

–Justicia. Solo quiero justicia.

–¿Por qué?

–Quiero que reflexiones sobre eso. Quiero que pienses, dudes y sudes hasta que vaya por ti.

–¿Por qué? –flexionó la mano bajo la de Boyd. En un gesto instintivo para tranquilizarla, él enlazó los dedos con los suyos–. ¿Quién eres?

–¿Quién soy? –un risa que le puso los pelos de punta–. Soy tu sombra, tu conciencia. Tu ejecutor. Tienes que morir. Cuando lo entiendas, solo entonces, le pondré fin. Pero no será rápido. Ni fácil. Vas a pagar por lo que has hecho.

–¿Qué he hecho? –gritó–. Por el amor de Dios, ¿qué he hecho?

Descargó unas obscenidades que la dejaron confusa y asqueada antes de que él colgara. Sin soltarle la mano, Boyd marcó un número en el teléfono.

–¿Lo habéis localizado? –preguntó y luego contuvo un juramento–. Sí. De acuerdo –disgustado, colgó–. No habló el tiempo suficiente –alzó la mano para tocar la mejilla pálida de Cilla–. ¿Está bien?

Ella apenas pudo oírlo debido al zumbido que sentía en los oídos, pero asintió. Con gesto mecánico se volvió hacia el micro a la espera de que terminara la publicidad.

–Así concluye esta noche. Faltan tres minutos para las dos. Tina Turner os acompañará hasta el fin del programa. En seguida vendrá Jackson para estar con todos los insomnes hasta las seis de la mañana. Aquí Cilla O'Roarke para la KHIP. Recordad, cuando soñéis conmigo, que sea un buen sueño.

Mareada, se apartó de la consola. «Solo tengo

que ponerme de pie», se dijo. «Caminar hasta el coche y conducir a casa». Era muy sencillo. Lo hacía todas las noches. Pero permaneció sentada por miedo a que las piernas no la aguantaran.

Jackson abrió la puerta y se quedó quieto, vacilante. Llevaba puesta una gorra de béisbol para cubrir el transplante de pelo que acababa de hacerse y que aún estaba en fase de curación.

–Hola, Cilla –miró a Boyd y luego otra vez a ella–. Noche dura, ¿eh?

Cilla se obligó a esbozar una sonrisa despreocupada.

–Las he tenido mejores –con todos los músculos tensos, se puso de pie–. Te dejo a los oyentes vivos, Jackson.

–Tómatelo con calma, pequeña.

–Claro –el zumbido en los oídos se hizo más fuerte al salir de la cabina para recoger el abrigo del perchero. Los pasillos estaban a oscuras y apenas recibían un destello de luz procedente del recibidor. Desorientada, parpadeó. Ni siquiera notó cuando Boyd la tomó del brazo y la condujo fuera. El aire frío ayudó. Respiró hondo y notó cómo su aliento se convertía en vaho–. Mi coche está ahí –indicó cuando él comenzó a conducirla al extremo opuesto del aparcamiento.

–No está en condiciones de conducir.

–Me encuentro bien.

–Perfecto. Entonces iremos a bailar.

–Mire...

–No, mire usted –estaba furioso. No se había dado cuenta hasta ese momento. Ella temblaba, y a pesar del viento frío, tenía las mejillas de una palidez mortal. Escuchar las cintas no había sido lo mismo que hallarse presente cuando recibió la llamada y ver cómo la sangre abandonaba su cara y los ojos se le llenaban de terror. Sin poder hacer nada para evitarlo–. Está hecha polvo, O'Roarke, y no pienso dejarla ante un volante –se detuvo junto a su coche y abrió la puerta–. Suba. La llevaré a casa.

–Servir y proteger, ¿eh? –con un gesto de la cabeza se apartó el pelo de los ojos.

–Lo ha entendido. Ahora suba al coche antes de que la arreste por vagancia.

Cedió porque tenía las rodillas como gelatina. Quería estar dormida, sola en una habitación pequeña y tranquila. Quería gritar. Peor aún, quería llorar. Pero en cuanto se sentó se encaró con él.

–¿Sabe qué odio más que a los polis?

–Supongo que me lo va a decir –arrancó el motor.

–Los hombres que les dan órdenes a las mujeres solo porque son hombres. Más que un problema cultural, lo considero una estupidez. Tal como yo lo veo, son dos cosas que tiene en su contra, detective.

Él se adelantó y la arrinconó contra el asiento. Obtuvo un momento de intensa satisfacción al ver que los ojos de ella se abrían mucho por la sorpresa y los labios ahogaban una protesta. Sabía que la satisfacción habría sido mayor de haber seguido el impulso de cubrir esa boca obstinada e insolente con la suya. Estaba convencido de que su sabor sería igual que su carácter: ardiente, sexy y peligroso.

Pero lo único que hizo fue ponerle el cinturón de seguridad.

Cuando Boyd volvió a aferrar el volante, ella soltó el aire contenido. Se recordó que había sido una noche dura, tensa y perturbadora. De lo contrario, jamás se habría quedado sentada como una tonta y permitido que un vaquero moderno la intimidara.

Las manos volvían a temblarle. El motivo no parecía importar, solo la debilidad.

–Creo que no me gusta su estilo, detective.

–No tiene por qué gustarle –al salir del aparcamiento comprendió que empezaba a meterse bajo su piel. Eso siempre era un error–. Haga lo que se le diga y nos llevaremos bien.

–Yo no hago lo que se me dice –espetó–. Y no necesito a un poli de segunda con complejo de John Wayne para que me dé órdenes. Fue Mark quien lo llamó, no yo. No lo necesito ni lo quiero a mi lado.

–Qué pena –frenó ante un semáforo.

–Si piensa que me voy a desmoronar porque un chiflado me insulta y me amenaza, se equivoca.

–No pienso que vaya a desmoronarse, O'Roarke, ni que usted piense que voy a recoger sus piezas si lo hace.

–Bien. Estupendo. Yo puedo manejar a ese chalado por mi propia cuenta, y si lo que lo excita es escuchar esa basura... –calló, consternada. Alzó las manos, se cubrió la cara con ellas y respiró hondo tres veces–. Lo siento.

–¿Por?

–Por desquitarme con usted –bajó las manos al regazo y las miró–. ¿Podría parar un momento? –sin decir una palabra, él guió el coche al bordillo y frenó–. Quiero serenarme antes de llegar a casa

–con un esfuerzo deliberado por relajarse, echó la cabeza atrás y cerró los ojos–. No quiero inquietar a mi hermana.

Costaba mantener la furia y el resentimiento cuando la mujer que tenía al lado había dejado de ser alambre electrificado para convertirse en cristal frágil. Pero si su instinto sobre Cilla era correcto, demasiada simpatía volvería a encresparla.

–¿Quiere un café?

–No, gracias –curvó un instante las comisuras de la boca hacia arriba–. Ya he bebido suficiente –suspiró. El mareo había desaparecido y con él la sensación de irrealidad–. Lo siento, detective. Usted solo cumple con su trabajo.

–Así es.

Abrió los ojos, estudió su cara unos momentos y se volvió para buscar el bolso y sacar un cigarrillo.

–Estoy asustada –odió el hecho de que la admisión sonara trémula, que la mano le temblara al encender una cerilla.

–Es normal.

–No, estoy asustada de verdad –soltó el humo despacio–. Quiere matarme. No terminé de creerlo hasta esta noche –tuvo un escalofrío.

–Es mejor que esté asustada –encendió el ventilador.

–¿Por qué?

–Así cooperará.

Cilla sonrió. Fue una sonrisa plena que a punto estuvo de parar el corazón de Boyd.

–No, no lo haré. Esto solo es un respiro momentáneo. En cuanto me recobre, volveré a ponérselo difícil.

–Intentaré no acostumbrarme –pero tuvo que

reconocer que sería fácil habituarse al modo en que sus ojos se tornaban cálidos cuando sonreía–. ¿Se siente mejor?

–Mucho. Gracias –apagó el cigarrillo cuando él volvió a arrancar–. Doy por hecho que sabe dónde vivo.

–Por eso soy detective.

–Es un trabajo desagradecido –se apartó el pelo de la frente. Decidió que solo hablarían, entonces no tendría que pensar–. ¿Por qué no está conduciendo ganado o marcando reses? Tiene toda la apariencia.

–No estoy seguro de que sea un cumplido –repuso tras analizarlo un momento.

–Desenfunda con rapidez, detective.

–Boyd –dijo–. No estaría mal que me llamara por mi nombre –cuando ella se encogió de hombros, la miró con curiosidad–. Cilla. Es diminutivo de Priscilla, ¿verdad?

–Nadie me llama Priscilla más de una vez.

–¿Por qué?

–Porque le corto la lengua –repuso con su sonrisa más dulce.

–¿Quiere contarme por qué no le gustan los polis?

–No –giró la cara para mirar por la ventanilla–. Me gusta la noche –dijo, casi para sí misma–. A las tres de la mañana puedes hacer y decir cosas imposibles de decir o hacer a las tres de la tarde. Ya ni siquiera puedo imaginar lo que es trabajar por el día, cuando la gente lo atesta todo.

–No le gusta mucho la gente, ¿cierto?

–Algunas personas –no quería hablar de sí misma, de lo que le gustaba o le desagradaba, de sus éxitos o fracasos. Quería hablar de él, satisfacer su curiosidad y aliviar sus nervios tensos–. Y bien, ¿hace cuánto que tiene el turno de noche, Fletcher?

–Unos nueve meses –la observó–. Se conoce a... gente interesante.

–¿Verdad que sí? –rio, sorprendida de poder hacerlo–. ¿Es usted de Denver?

–Sí.

–Me gusta –indicó, volviendo a sorprenderse. No había pensado mucho en ello. Simplemente había sido un lugar que ofrecía una buena universidad para Deborah y una buena oportunidad para ella. Sin embargo, se había dado cuenta de que en seis meses había empezado a echar raíces. Superficiales todavía, pero raíces.

–¿Significa eso que piensa quedarse? –se metió por una calle tranquila–. He investigado algo. Parece que dos años en un lugar es su límite.

–Me gusta cambiar –respondió, cerrando las líneas de comunicación. No le apetecía que nadie hurgara en su pasado y en su vida íntima. Al detenerse ante su casa, ya había comenzado a quitarse el cinturón de seguridad–. Gracias por el paseo, detective –antes de que pudiera llegar a la puerta, lo tuvo a su lado.

–Voy a necesitar sus llaves.

–¿Por qué? –ya las tenía en la mano y las aferraba con gesto posesivo.

–Para que puedan traerle el coche por la mañana.

Las hizo oscilar con el ceño fruncido debajo de la luz del porche. Boyd se preguntó cómo sería acompañarla hasta su puerta después de una cita normal. Con ironía, llegó a la conclusión de que no mantendría las manos en los bolsillos. Y desde luego aliviaría la ansiedad besándola ante la entrada.

«La entrada, un cuerno», se dijo. Habría pasado con ella. Y habría algo más para acabar la velada que un beso de despedida.

Pero no se trataba de una cita. Y cualquier tonto podría ver que no se produciría nada remotamente normal entre ellos. Se prometió que algo, sí. Pero nada remotamente parecido a lo normal.

–¿Las llaves? –repitió.

Después de repasar sus opciones, Cilla decidió que la de él era la mejor. Con cuidado sacó una del llavero, que tenía la forma de una enorme nota musical.

–Gracias.

–Un momento –apoyó la palma de la mano en la puerta cuando ella la abrió–. ¿No va a invitarme a tomar una taza de café?

–No –repuso sin volverse, solo girando la cabeza.

Boyd pensó que olía como la noche. Oscura, profunda, inquietante.

–Es un gesto decididamente poco amistoso.

–Lo sé –volvió a surgir ese destello de humor–. Nos vemos, detective.

–¿Come alguna vez? –bajó la mano sobre la de ella en el picaporte y la aferró con firmeza. El humor se desvaneció, lo cual no lo sorprendió. Lo que sí lo hizo fue lo que lo reemplazó. Confusión. Y podría haber jurado que timidez. Aunque Cilla se recuperó con tanta rapidez que estuvo seguro de que lo había imaginado.

–Una o dos veces por semana.

–Mañana –no apartó la mano. No supo muy bien lo que le pareció ver en los ojos de ella, pero supo que el pulso se le había acelerado bajo sus dedos.

–Puede que mañana coma.

–Conmigo.

Cilla se quedó asombrada por sus dudas. Hacía años que no experimentaba esa reacción desconcertante con un hombre. Y esos años habían sido tranquilos. Rechazar una cita era tan sencillo como decir que no. Al menos así lo había sido siempre. En ese momento descubrió que deseaba sonreír y preguntarle a qué hora debería estar lista. Se hallaba a punto de decir las palabras cuando se contuvo.

–Es una invitación estupenda, detective, pero tendré que rechazarla.

–¿Por qué?

–No salgo con polis.

Antes de que su resolución pudiera debilitarse, entró y le cerró la puerta en la cara.

Boyd jugó con los papeles que tenía en la mesa y frunció el ceño. El caso O'Roarke no era el único que tenía, pero no podía quitárselo de la cabeza. De hecho, no podía quitarse a O'Roarke de la cabeza; en ese momento deseó fumarse un cigarrillo.

El policía veterano sentado a medio metro de él fumaba como una chimenea mientras hablaba con un soplón. Boyd respiró hondo, deseando poder aprender a odiar el olor del tabaco como otros no fumadores.

Pero continuó con la tortura e inhaló el seductor aroma. Las intrusiones que rara vez notaba en el trabajo cotidiano, esa noche, luchaban con su concentración. Los olores, el sonido de teclados, los teléfonos sonando, los pies que se arrastraban sobre el linóleo, las luces del techo que titilaban de vez en cuando.

No lo ayudó que durante los últimos tres días Priscilla Alice O'Roarke se hubiera quedado en su mente como una espina gruesa. Ningún esfuerzo podía desterrarla. Quizá se debiera a que tanto su compañera como él habían pasado horas en su compañía durante el programa radiofónico. O quizá a que la había visto con las defensas bajas. O tal vez porque durante un momento fugaz había sentido la respuesta de ella.

«Quizá», pensó disgustado. «Aunque quizá no».

No era un hombre cuyo ego se resintiera por un rechazo. Le gustaba pensar que tenía la suficiente confianza en sí mismo como para entender que no le gustaba a todas las mujeres. El hecho de que hubiera atraído a un número saludable en sus treinta y tres años de vida bastaba para satisfacerlo.

El problema era que estaba colgado con una mujer. Y ella se mostraba indiferente.

Podría sobrellevarlo.

Lo concreto era que en ese momento tenía que cumplir con su trabajo. No estaba convencido de que Cilla se hallara en peligro inmediato. Pero se veía acosada de forma sistemática y minuciosa. Tanto Althea como él habían puesto a rodar la pelota, interrogando a hombres con antecedentes que encajaban con el modus operandi, investigando la vida personal y profesional de Cilla desde su llegada a Denver y a sus compañeros de trabajo.

Hasta el momento no habían descubierto nada.

Decidió que ya era hora de investigar más a

fondo. Tenía el currículum de Cilla en la mano. Era interesante. Igual que la mujer a la que pertenecía. Mostraba que había pasado de una emisora local en Georgia, lo que explicaba el leve y fascinante acento sureño que tenía, a una más importante en Atlanta, luego a Richmond, St. Louis, Chicago y Dallas antes de aterrizar en la KHIP de Denver.

–Le gusta moverse –musitó. ¿O necesitaría huir? Pretendía conseguir la respuesta directamente de ella.

Había una cosa de la que podía estar seguro por los hechos mecanografiados ante su vista, y era que Cilla había ascendido el camino del éxito con un diploma de instituto y muchas agallas. No podría haber sido fácil para una mujer, en realidad una joven de dieciocho años, entrar en un mundo principalmente dominado por los hombres.

–¿Lectura interesante? –Althea se sentó en una esquina de la mesa. Nadie en la comisaría se habría atrevido a alabar esas piernas. Pero muchos miraron.

–Cilla O'Roarke –dejó el currículum–. ¿Alguna impresión?

–Una dama dura –sonrió al decirlo. Había dedicado bastante tiempo a burlarse de Boyd debido a su fascinación por la voz ronca de la radio–. Le gusta hacer las cosas a su manera. Inteligente y profesional.

–Creo que eso ya lo he deducido yo –tomó un puñado de almendras bañadas de caramelo y se las llevó a la boca.

–Pues deduce esto –Althea acercó la caja de almendras y seleccionó una–. Está asustada hasta la médula. Y tiene un complejo de inferioridad de un kilómetro de largo.

–Complejo de inferioridad –Boyd bufó y echó atrás la silla–. Imposible.

–Lo esconde detrás de un metro de acero, pero está ahí –con el mismo cuidado que empleó antes, eligió otra almendra. Luego apoyó una mano en la bota de él–. Intuición femenina, Fletcher. Por eso eres tan afortunado de tenerme como compañera.

Boyd recuperó la caja, ya que sabía que Althea, con su estilo metódico, podía devorar hasta la última almendra.

–Si esa mujer es insegura, me comeré el sombrero.

–Si no tienes ninguno.

–Lo compraré y me lo comeré –señaló los historiales–. Como nuestro hombre no aparece aquí, tendremos que ir a buscarlo a otra parte.

–La dama no es muy abierta con su pasado.

–Pues insistiremos.

–¿Quieres apostar algo? –preguntó después de meditar unos momentos y cruzar las piernas con elegancia–. Porque lo más probable es que no ceda.

–Cuento con ello –sonrió.

–Esta noche te toca a ti estar con ella en la cabina.

–Entonces tú empieza con Chicago –le entregó la carpeta–. Tenemos al director de la emisora y al casero –le echó un vistazo a la hoja. Su intención era ir mucho más lejos que los datos que había impresos, pero empezaría por los hechos–. Usa esa voz dulce y persuasiva que tienes. Te contarán todo.

–Miles lo han hecho –desvió la vista cuando un compañero empujó a un sospechoso vociferador con la nariz sangrando a una silla cercana–. Dios, me encanta este sitio.

–Sí, no hay nada parecido a casa –bebió lo que le quedaba de café antes de que su compañera pudiera terminárselo–. Yo me encargaré del otro extremo, la primera emisora para la que Cilla trabajó. Thea, si no descubrimos algo pronto, el capitán nos va a echar una bronca.

–Entonces tendremos que encontrar algo –se levantó.

Boyd asintió. Antes de poder levantar el teléfono para hacer una llamada, sonó.

–Fletcher.

–Detective.

–¿Cilla? ¿De qué se trata?

–Recibí una llamada –logró reír–. Supongo que no representa nada nuevo. Pero ahora estoy en casa y... Maldita sea, hasta las sombras me asustan.

–Cierre las puertas y no se mueva. Voy para allá. Cilla –repitió al no obtener respuesta–, voy para allá.

–Gracias. Si se saltara algunas normas de tráfico para llegar, se lo agradecería.

–Diez minutos –colgó–. Thea –la alcanzó antes de que pudiera terminar la primera llamada–. Vamos.

3

Había recuperado el control cuando ellos llegaron. Por encima de todo, se sentía como una tonta por haber recurrido a la policía, a él, por una simple llamada.

«Solo son unas llamadas telefónicas», se aseguró mientras iba a la ventana y volvía al centro del salón. Después de una semana de recibirlas, se dijo que debería sobrellevar mejor la situación. Si era capaz de serenar su reacción, de convencer a quien la amenazaba de que sus palabras no la afectaban, se detendría.

Su padre le había enseñado que esa era la manera de manejar a los matones. Aunque la solución de su madre había sido un directo a la mandíbula. Así como veía lo positivo de ambos puntos de vista, consideró que en esas circunstancias era más factible que funcionara mejor el enfoque pasivo.

Tuvo que reconocer que había perdido los papeles con la última llamada. En algún momento durante la diatriba del otro, había estado próxima a la histeria, gritando, suplicando, amenazando. Agradeció que Deborah no hubiera estado en casa para oírlo.

Luchando por calmarse, se sentó en el brazo de un sillón, con el cuerpo muy recto. Después de la llamada había apagado la radio, cerrado las puertas y corrido las cortinas. En ese momento, bajo el resplandor de la lámpara, permaneció sentada atenta a un sonido, cualquiera, mientras miraba el salón. Eran las paredes que Deborah y ella habían pintado, los muebles que habían elegido. Cosas familiares, que ofrecían serenidad.

Después de solo seis meses, ya había bastantes chucherías, cosas que antes no se habían podido permitir. Y en esa ocasión la casa y los muebles no eran alquilados. Eran suyos.

Aunque nunca lo habían hablado, tal vez ese era el motivo por el que habían comenzado a llenarla con cosas pequeñas e inútiles. El gato de porcelana que se acurrucaba en un sueño permanente sobre la biblioteca llena. El excesivamente caro cuenco blanco y lustroso con hibiscos pintados en el borde. La rana con chaqué y sombrero de copa.

Comprendió que estaban formando un hogar. Por primera vez desde que se habían quedado solas, formaban un hogar. No iba a permitir que una voz cruel y sin cara se lo estropeara.

¿Qué iba a hacer? Como se hallaba a solas, se permitió un momento de desesperación y enterró la cara en las manos. ¿Debería luchar? Sin embargo, ¿cómo podía oponerse a alguien que no podía ver ni entender? ¿Debería fingir indiferencia? ¿Cuánto tiempo lograría mantener esa fachada, en especial si seguía invadiendo su mundo privado además del público?

¿Y qué pasaría cuando se cansara de hablar y fuera a buscarla?

La llamada firme a la puerta la sobresaltó y la obligó a llevarse la mano al pecho para contener los latidos frenéticos del corazón.

«Soy tu ejecutor. Voy a hacerte sufrir. Voy a hacerte pagar».

–Cilla. Soy Boyd. Abra la puerta.

Necesitó un momento para taparse la cara y respirar hondo. Más serena, atravesó la estancia y abrió.

–Hola. Han llegado rápido –asintió en dirección a Althea–. Detective Grayson –les indicó que entraran y luego se apoyó contra la puerta cerrada–. Me siento estúpida por haberlos hecho venir.

–Es parte del trabajo –repuso Althea. Decidió que la mujer estaba sujeta por unos alambres finos, y algunos se habían quebrado–. ¿Le importa que nos sentemos?

–No. Lo siento –se pasó una mano por el pelo. Pensó que no daba una buena imagen, algo de lo que siempre se había enorgullecido–. Podría preparar un poco de café.

–No se preocupe –Boyd se sentó en un sofá de color crudo y se reclinó en unos cojines azul zafiro–. Cuéntenos qué ha pasado.

–Lo he escrito –los nervios que sentía se reflejaron en sus movimientos mientras se dirigía a recoger el bloc de notas que había junto al teléfono–. Es una costumbre adquirida en la radio –explicó–. En cuanto suena el teléfono, me pongo a escribir –no estaba dispuesta a admitir que no quería repetir la conversación en voz alta–. Parte está en mi taquigrafía, aunque entenderán el rumbo que siguió.

Él le quitó el bloc y estudió la letra. Las entrañas se le encogieron en una mezcla de furia y repulsión. Tranquilo por fuera, le entregó las notas a su compañera.

Cilla no pudo sentarse. Permaneció en el centro del salón, retorciendo los dedos y tirando de la sudadera amplia que llevaba.

–Es bastante explícito en lo que piensa acerca de mí, y en lo que va a hacer al respecto.

–¿Es la primera llamada que recibe en su casa? –inquirió Boyd.

–Sí. No sé cómo consiguió el número. Yo... No figuramos en la guía.

Althea dejó el bloc a un lado y sacó el suyo.

–¿Quién tiene su número?

–La emisora –reflexionó unos segundos. Era algo que podía aceptar. Preguntas sencillas, respuestas sencillas–. Estará en la universidad. Lo tiene mi abogado, Carl Donnely. Hay un par de chicos a los que Deb ve. Josh Holden y Darren McKinley. Unas pocas amigas –enunció la breve lista–. Esos son todos. Lo que de verdad me preocupa... –giró en redondo cuando la puerta se abrió a su espalda–. Deb –alivio e irritación la recorrieron–. Pensé que tenías clases por la noche.

–Así era –centró sus ojos grandes en Boyd y Althea–. ¿Son la policía?

–Deborah –dijo Cilla–, sabes que no debes faltar a clase. Tenías un examen...

–Deja de tratarme como a una niña –puso el periódico que llevaba en la mano de su hermana–. ¿De verdad esperas que continúe como si no pasara nada? Maldita sea, Cilla, me dijiste que todo estaba bajo control.

«De modo que ha leído la primera página de la sección B», pensó Cilla con cansancio. «Princesa de la radio nocturna acosada». Trató de contener un creciente dolor de cabeza y se frotó las sienes.

–Está bajo control. Lo que pasa es que estas cosas venden.

–No, eso no es todo.

–He llamado a la policía –soltó al dejar el periódico–. ¿Qué más quieres?

Boyd notó que existía un parecido entre ambas. La forma de la boca y los ojos. Mientras Cilla era lo bastante tentadora y sexy como para que un hombre girara trescientos sesenta grados la cabeza, su hermana era preciosa. Joven. «Unos dieciocho años», dedujo. En unos pocos años le bastaría con mirar a un hombre para que este se ahogara con su propia lengua.

También notó los contrastes. Deborah llevaba el pelo corto y arreglado, el de Cilla estaba largo y era indómito. La hermana menor lucía un jersey de color carmesí y unos pantalones enfundados en unas elegantes botas de media caña. La sudadera de Cilla era grande y exhibía variedad de colores. Llevaba unos pantalones verdes y unos calcetines amarillos.

«Sus gustos pueden chocar», reflexionó, «pero sus temperamentos parecen sintonizados».

Y cuando las hermanas O'Roarke discutían, era todo un espectáculo.

Althea se movió un poco y le susurró al oído:

–Es evidente que ya han pasado antes por esto.

Boyd sonrió. Si hubiera tenido palomitas de

maíz y una cerveza, le habría encantado permanecer callado los diez asaltos.

–¿Por quién apuestas?

–Cilla –murmuró, cruzando una pierna–. Pero la hermana tiene garra.

Cansada al parecer de golpearse la cabeza contra una pared de ladrillos, Deborah se volvió.

–De acuerdo –señaló a Boyd con un dedo–. Usted cuénteme qué está pasando.

–Ah...

–Olvídelo –se centró en Althea–. Usted.

La detective asintió y contuvo una sonrisa.

–Somos los oficiales encargados de la investigación del caso de su hermana, señorita O'Roarke.

–De modo que hay un caso.

Sin prestar atención a la mirada furiosa de Cilla, Althea asintió otra vez.

–Sí. Con la cooperación de la emisora, hemos puesto un rastreador en la línea de la cabina. El detective Fletcher y yo ya hemos interrogado a un número de sospechosos con antecedentes en acoso obsceno por teléfono. Pero con lo que acaba de suceder, pincharemos su línea privada.

–Con lo que acaba de suceder –Deborah solo necesitó un momento–. Oh, Cilla, aquí no. Te ha llamado aquí –olvidado el malhumor, abrazó a su hermana–. Lo siento.

–No es nada por lo que debas preocuparte –cuando Deborah se puso rígida, Cilla se apartó–. Hablo en serio, Deb. No es nada por lo que ninguna de las dos debamos preocuparnos. Hay profesionales que lo hacen por nosotras.

–Así es –Althea se levantó–. El detective Fletcher y yo tenemos quince años de experiencia en el cuerpo entre los dos. Vamos a cuidar muy bien de su hermana. ¿Hay algún teléfono que pueda usar?

–En la cocina –indicó Deborah antes de que Cilla pudiera hablar. Quería una entrevista en privado con la detective–. Se lo mostraré –le sonrió a Boyd–. ¿Quiere algo de café, detective?

–Gracias –la observó mientras salía de la habitación.

–Que ni se le pase por la cabeza –musitó Cilla.

–¿Perdón? –pero sonrió. No hacía falta ser detective para reconocer el instinto de protección–. Su hermana es muy guapa.

–Es demasiado mayor para ella.

–Ay.

Recogió un cigarrillo y se obligó a volver a sentarse en el brazo del sillón.

–En cualquier caso, la detective Grayson y usted parecen formar una buena pareja.

–¿Thea? –tuvo que sonreír otra vez. Casi siempre olvidaba que su compañera era mujer–. Sí, soy un tipo afortunado.

Cilla apretó los dientes. Odiaba pensar que otra mujer podía intimidarla. Althea Grayson era bastante agradable y profesional. Incluso podía soportar que fuera deslumbrante. Pero era tan *ecuánime*.

Boyd se levantó para quitarle el cigarrillo sin encender de los dedos.

–¿Celosa?

–En sus sueños.

–Ya hablaremos luego de mis sueños –le alzó la barbilla con el dedo índice–. ¿Cómo lo lleva?

–Estoy bien –quiso moverse, pero tuvo la sensación de que si se levantaba él no le daría espacio. Y si lo hacía no le costaría nada apoyar la cabeza en su hombro y derrumbarse. Tenía responsabilidades y obligaciones. Y orgullo–. No quiero que Deb se mezcle en todo esto. Mientras yo trabajo ella se encuentra sola aquí.

–Arreglaré que un patrullero esté de guardia.

Ella asintió agradecida.

–Odiaría pensar que en algún momento cometí un error que podría ponerla en peligro. No se lo merece.

–Ni usted tampoco –incapaz de resistirse, extendió los dedos para apoyarlos sobre la mejilla de ella.

Hacía mucho que nadie la tocaba ni que Cilla lo permitía, ni siquiera de forma tan casual. Logró encogerse de hombros.

–Aún no lo tengo tan claro –suspiró y deseó poder cerrar los ojos y reposar la cara sobre esos dedos fuertes–. He de prepararme para ir a la emisora.

–¿Por qué no pasa esta noche?

–¿Y dejar que piense que me ha asustado? –se incorporó–. Ni en sueños.

–Hasta la Mujer Maravilla se toma una noche libre.

Cilla movió la cabeza. No se había equivocado al pensar que no se apartaría para darle espacio. Tenía las vías de escape bloqueadas por una silla y por el cuerpo de él. La tensión vibró por todo su ser. El orgullo impidió que desviara la vista. Boyd no hacía más que esperar, maldición. Y a menos que fuera ciego o estúpido, vería que ese contacto, esa conexión, la dejaba agotada.

–Me está invadiendo, Fletcher.

De haber pasado un minuto más, Boyd habría cedido al impulso de pegarla a él. Habría comprobado lo cerca que estaba su fantasía de la realidad.

–Todavía no he empezado a hacerlo, O'Roarke.

–Ya he tenido amenazas suficientes por un día, gracias.

Quiso estrangularla por ese comentario. Sin apartar los ojos de ella, enganchó los dedos pulgares en los bolsillos.

–No es una amenaza, encanto. Es la constatación de un hecho.

Deborah decidió que ya había escuchado a escondidas lo suficiente y se aclaró la garganta.

–Café, detective Fletcher –le entregó una taza humeante–. Thea dijo solo, con dos terrones de azúcar.

–Gracias.

–Voy a quedarme –afirmó y con la mirada retó a su hermana a que se opusiera–. Más o menos en una hora vendrán a pinchar el teléfono –apoyó las manos en los hombros de Cilla y le dio un beso en cada mejilla–. Este semestre no me he perdido ni una clase, Simon.

–¿Simon? –preguntó Boyd.

–Legree –riendo, Deborah volvió a darle un beso a su hermana–. La mujer es una esclavista.

–No sé de qué hablas –Cilla se apartó para recoger el bolso–. Deberías de ponerte al día con tus estudios de ciencias políticas. Y no te vendría mal potenciar psicología –sacó el abrigo del armario–. Y mientras estás en ello, hace falta fregar el suelo de la cocina. Estoy convencida de que tenemos un cepillo de dientes viejo para que frotes. Y me gustaría que cortaras leña.

–Vete –rio Deborah.

Cilla sonrió al alargar la mano hacia el picaporte. Su mano se cerró sobre la de Boyd. La apartó de golpe antes de poder contenerse.

–¿Qué está haciendo?

–Irme con usted –le guiñó el ojo a Deborah mientras guiaba a Cilla al exterior.

–Esto es ridículo –aseveró ella al entrar en la emisora.

–¿Qué?

–No sé por qué he de tener a un poli en la cabina noche tras noche –mientras caminaba se quitó el abrigo. Con el ceño fruncido, fue a abrir la puerta del almacén, soltó un grito y tropezó contra el cuerpo de Boyd cuando se abrió–. Cielos, Billy, me has dado un susto de muerte.

–Lo siento –el encargado de mantenimiento tenía el pelo gris, brazos flacos y una sonrisa de disculpa–. Me he quedado sin limpiacristales –alzó el frasco.

–Está bien, me encuentro un poco nerviosa.

–Me he enterado –enganchó el frasco en el cinturón y recogió la fregona y el cubo–. No se preocupe, Cilla. Hoy estaré en la emisora hasta la medianoche.

–Gracias. ¿Vas a escuchar el programa?

–Ni lo dude –se alejó cojeando de la pierna derecha.

Cilla entró en el cuarto y localizó un frasco nuevo para limpiar agujas de tocadiscos. Sacó un billete de cinco dólares del bolso y lo metió entre unos trapos para el polvo.

–¿Y eso por qué?

–Estuvo en Vietnam –repuso con sencillez, cerrando la puerta.

Boyd no dijo nada, sabiendo que a ella la molestaba que la hubiera visto. Lo apuntó en la creciente lista de contradicciones.

Antes de entrar en antena, se dirigió a una sala pequeña para repasar la programación de esa noche, añadiendo y borrando a placer. Hacía meses que el director del programa había dejado de quejarse de esa costumbre. Otro de los motivos por el que prefería el turno de noche era la libertad que le proporcionaba.

–Este nuevo grupo –musitó.

–¿Qué? –Boyd eligió un donut.

–Los Studs –tamborileó con el bolígrafo sobre la mesa–. No tendrán más de un éxito. Casi ni vale la pena emitirlos.

–Entonces, ¿por qué los pone?

–Para ser justa –concentrada en lo que hacía, dio un mordisco distraído al donut que Boyd le acercó a los labios–. En seis meses nadie recordará su nombre.

–Así es el *rock and roll*.

–No. Los Beatles, Buddy Holly, Chuck Berry, Springsteen, Elvis... eso es el *rock and roll*.

–¿Escucha alguna vez otra cosa? –preguntó, estudiándola.

Ella sonrió y con la lengua se quitó azúcar del labio superior.

–¿Quiere decir si *existe* otra cosa?

–¿Es lo único que siempre le ha gustado?

–Sí –sacó una cinta del bolsillo y con un movimiento de las muñecas se recogió el pelo–. ¿Qué clase de música le gusta a usted?

–Los Beatles, Buddy Holly, Chuck...

–Bueno, aún no está del todo perdido –interrumpió.

–Mozart, Lena Horne, Beaujolais, Joan Jett, Ella Fitzgerald, B.B. King...

–De modo que es ecléctico –enarcó las cejas.

–De mente abierta.

–Me sorprende, Fletcher –se reclinó en la silla–. Imagino que lo catalogué como un conservador.

–¿En la música o en la personalidad?

–En ambas cosas –miró el reloj–. Es la hora del espectáculo.

Wild Bob Williams, que tenía la franja horaria de seis a diez de la noche, despedía su programa. Era un hombre bajo, barrigudo y de mediana edad, con la voz de un semental de veinte años. Saludó con un gesto a Cilla mientras ella comenzaba a buscar entre los sencillos y los álbumes.

–Mmm, acaba de entrar la dama de las piernas largas. Preparaos los que estáis en la tierra de la KHIP, vuestra estrella de medianoche asciende. Os dejo con este estallido del pasado –dio entrada a la canción–. *Honky Tonk Woman* –giró en el sillón y estiró los músculos de las piernas–. Cariño, ¿estás bien?

–Claro –colocó la primera selección en el plato y preparó la aguja.

–He leído el periódico.

–No es importante, Bob.

–Aquí formamos una familia –le apretó el hombro–. Cuentas con el apoyo de todos.

–Gracias.

–¿Es usted policía? –le preguntó a Boyd.

–Así es.

–Atrapen pronto a ese tipo. Nos tiene a todos con el corazón en vilo –apretó otra vez el hombro de Cilla–. Hazme saber si necesitas algo.

–Lo haré. Gracias.

No quería ni podía permitirse el lujo de pensar

en ello, ya que apenas quedaban treinta segundos para que saliera en antena. Se sentó, ajustó el micro, respiró hondo varias veces, contó hasta tres para comprobar el volumen y lo abrió.

–Muy bien, Denver, aquí Cilla O'Roarke en la KHIP. Me tenéis desde las diez de la noche hasta las dos de la mañana. Vamos a empezar regalando ciento nueve dólares. Tengo el disco misterioso. Si me dais el título, el artista y el año, ganaréis un dinero en efectivo. El número es el 555 54 47. No os vayáis, porque empezaremos a bailar.

La música sonó, alegrándola. Volvía a tener el control.

–Elton John –dijo Boyd a su espalda–. *Honky Cat.* Mil novecientos setenta y... dos.

Ella se volvió para mirarlo. Pensó que irradiaba un aire muy satisfecho. Una media sonrisa en la cara, las manos en los bolsillos. «Es una pena que sea tan atractivo, una maldita pena».

–Vaya, vaya, me sorprende, detective. Recuérdeme que le regale una camiseta.

–Preferiría una cena.

–Y yo preferiría un Porsche. Pero ha de conformarse... eh –dijo cuando él le tomó la mano.

–Ha estado mordiéndose las uñas –le pasó el dedo pulgar por los nudillos y vio cómo le cambiaban los ojos–. Otra mala costumbre.

–Tengo muchas más.

–Estupendo –en vez de volver a sentarse en el rincón, ocupó una silla a su lado–. No he tenido tiempo de traer un libro –explicó–. ¿Por qué no la veo trabajar?

–¿Por qué no...? –soltó un juramento y apretó una tecla del teléfono. Había estado a punto de provocar que entrara con retraso–. KHIP. ¿Sabes cuál es el disco misterioso?

Hicieron falta cinco llamadas para tener un ganador. Mientras intentaba no pensar en Boyd, puso otro disco y apuntó el nombre y la dirección de la persona que había acertado.

«Como si no tuviera suficientes cosas en la cabeza», pensó. ¿Cómo se suponía que iba a concentrarse en el programa si prácticamente lo tenía sentado encima de ella? Lo bastante cerca como para captar su fragancia. No llevaba colonia, solo jabón... algo que hacía que pensara en montañas un instante y al siguiente en noches tranquilas e íntimas.

Se recordó que no le interesaba ninguna de esas cosas. Lo único que quería era superar esa crisis y volver a enderezar el rumbo de su vida. Sabía que los hombres atractivos iban y venían, pero el éxito permanecía... siempre y cuando una estuviera dispuesta a sudar por él.

Se estiró para seleccionar otro disco. Sus muslos se rozaron. El de Boyd era largo y duro como una roca. Decidida a no huir, giró la cabeza para mirarlo a los ojos. Estaban a pocos centímetros de distancia, desafiándose. Vio que la mirada de él bajaba para demorarse en su boca. Volvió a alzarla con el deseo vivo. La música vibraba en los oídos de Cilla a través de los auriculares que retenía con obstinación para no tener que hablarle. La letra hablaba de noches ardientes y necesidades abrasadoras.

Con sumo cuidado, se apartó. Cuando habló otra vez por el micro, la voz le sonó aún más ronca.

Boyd decidió que ponerse de pie era su única defensa. Su intención había sido irritarla, distraerla de la inevitable llamada telefónica que recibiría antes de que acabara la noche. No negaría que deseaba que pensara en él. Pero en ningún momento imaginó que, cuando lo consiguiera, ella lo tendría en un puño.

Cilla olía a medianoche. Secreta y pecaminosa. Sonaba a sexo. Ardiente e invitador. Pero al mirar en sus ojos, mirar de verdad, solo se veía inocencia. No había nacido o ya estaba muerto el hombre al que esa combinación no lo volviera loco.

«Un poco de distancia», se dijo Boyd al salir en silencio de la cabina. «Mucha objetividad». No ayudaría a ninguno de los dos dejar que sus emociones se enredaran con una mujer a la que se suponía que debía proteger.

Al quedar sola, Cilla realizó un esfuerzo consciente para relajarse, músculo a músculo. La consolaba pensar que se debía a que estaba nerviosa. Su reacción con Boyd simplemente era un eco de la tensión con la que había vivido durante más de una semana. Y, además, él intentaba provocarla.

Sopló para quitarse el pelo de los ojos y le hizo un regalo a sus oyentes, dos éxitos seguidos. Y así ganó más tiempo para serenarse.

Aún no había terminado de catalogarlo. Leía a Steinbeck y reconocía a Elton John. Hablaba de forma pausada y pensaba a toda velocidad. Llevaba botas viejas y chaquetas de trescientos dólares.

«¿Qué importa?», se preguntó mientras preparaba los siguientes veinte minutos del programa. No estaba interesada en los hombres. Y jamás se le pasaría por la cabeza relacionarse con un poli. Y cualquiera con ojos podía ver que tenía una relación profunda, incluso íntima, con la belleza de su compañera. Jamás había tenido la tendencia a pescar la propiedad de otra persona.

Tres cosas que lo descartaban.

Cerró los ojos y dejó que la música fluyera por ella. La ayudó a levantarle el ánimo, como siempre, y a recordarle lo afortunada que era. No era aguda y estudiosa como Deborah. No era una persona entregada, como lo habían sido sus padres. Apenas tenía algo más que la educación obligatoria por ley; sin embargo, allí estaba, justo donde quería y haciendo lo que le gustaba.

La vida le había enseñado una lección vital. Nada duraba para siempre. Los momentos buenos o los malos terminaban por pasar. Esa pesadilla, sin importar lo horrible que fuera en ese instante, acabaría por desaparecer. Solo tenía que sobrellevarla, un día por vez.

–Joan Jett os despertaba a medida que nos aproximamos a las once y media. Tenemos un pequeño bloque de noticias, luego una dosis doble de Steve Winwood y Phill Collins para que nos acompañen la próxima media hora. Estáis en la KHIP y Wildwood Records os ofrece las noticias.

Puso la cinta grabada, luego repasó la hoja de los anuncios y promociones que iba a leer. Cuando Boyd regresó, había entrado en el siguiente bloque de música y se hallaba de pie estirando los músculos.

Él se detuvo y trató de no gemir cuando la vio con los brazos levantados hacia el techo y rotando las caderas. Al ritmo de la música, se inclinó desde la cintura, se agarró los tobillos y despacio se puso a doblar y a enderezar las rodillas.

Ya la había visto haciendo esa rutina. Era algo que realizaba una o dos veces durante las cuatro horas de programa. Pero en ese momento creía que estaba sola y lo hacía con más vigor. Mientras la observaba, comprendió que el descanso de diez minutos que se había tomado no había bastado.

Cilla volvió a sentarse; tenía los auriculares alrededor del cuello y subió un poco el volumen para su propio placer. Vibró al escuchar la música.

Cuando Boyd apoyó una mano en su hombro, ella se levantó de un salto.

–Tranquila, O'Roarke. Le he traído un poco de té.

El corazón de Cilla retumbaba como un martillo neumático en su pecho. Mientras se serenaba, se sentó en la mesa.

–¿Qué?

–Té –repitió, ofreciéndole una taza–. Le he traído té. Bebe demasiado café. Este es de hierbas. De jazmín o algo por el estilo.

–No bebo cosas de hierbas –repuso con una mueca de desagrado.

–Pruébelo. Puede que la próxima vez que alguien la toque no dé un bote hasta el techo –bebió un trago de refresco de una botella.

–Preferiría lo que usted toma.

Él bebió otro trago largo y le pasó la botella.

–Ya casi estamos en el ecuador.

Como Boyd, Cilla miró la hora. Se acercaba la medianoche. Hasta entonces había sido su tramo preferido del programa. Pero en ese momento las manos comenzaron a sudarle.

–Quizá esta noche no llame, ya que lo hizo a mi casa.

–Quizá –se sentó a su lado.

–Pero usted no lo cree.

–Creo que debemos ir paso a paso –apoyó una mano en su nuca para tranquilizarla–. Quiero que intente mantenerse calmada, consiga que hable más. Formúlele preguntas. No importa lo que él diga, no deje de hacérselas, una y otra vez. Es posible que conteste una y nos brinde alguna pista.

Ella asintió y durante los siguientes diez minutos se concentró en el programa.

–Me gustaría hacerle una pregunta –dijo al fin.

–Adelante.

No lo miró y se bebió el último trago del refresco para humedecerse la garganta seca.

–¿Cuánto tiempo me permitirán tener una niñera?

–No ha de preocuparse por eso.

–Digamos que sé algo acerca del funcionamiento del departamento de policía –su voz volvió a reflejar ese deje de amargura y dolor–. Unas pocas llamadas desagradables no consiguen que te presten mucha atención.

–Su vida ha sido amenazada –repuso él–. Ayuda que sea una celebridad y que la prensa le haya dedicado algunos artículos. Estaré a su lado un buen tiempo.

–Es una bendición encontrada –musitó, y luego abrió la línea de peticiones.

Tal como sabía que sucedería, recibió la llamada, pero esa vez fue rápida. A la quinta, reconoció la voz, luchó contra el deseo de gritar y puso música. Sin darse cuenta, buscó la mano de Boyd.

–Eres persistente, ¿verdad?

–Te quiero muerta. Ya casi estoy listo.

–¿Te conozco? Me gustaría pensar que conozco a todo el mundo que quiere matarme.

Hizo una mueca ante las cosas que la llamó y trató de concentrarse en la presión firme de los dedos de Boyd en su nuca.

–Vaya. Realmente te tengo cabreado. Sabes, amigo, si no te gusta el programa, deberías apagarlo.

–Lo sedujiste –se oyó el sonido de un llanto, mezclado con furia–. Lo sedujiste, lo tentaste, le hiciste promesas. Luego lo asesinaste.

–Yo... –estaba más aturdida por esa revelación que por los insultos–. ¿A quién? No sé de qué hablas. Por favor, ¿a quién...?

La línea se cortó.

Mientras permanecía sentada, confusa y en silencio, Boyd alzó el auricular.

–¿Algo de suerte? Maldita sea –se puso de pie, se metió las manos en los bolsillos y comenzó a caminar–. Otros diez segundos. Lo habríamos tenido en diez segundos más. Debe de saber que lo estamos rastreando –giró la cabeza cuando entró Nick Peters con café–. ¿Qué?

–Yo... yo... yo... tragó saliva–. Mark dijo que podía quedarme –volvió a tragar–. Pensé que quizá Cilla querría algo de café.

Boyd señaló la mesa con el dedo pulgar.

–Ya te lo haremos saber. ¿Puedes ayudarla a acabar el programa?

–No necesito ayuda –la voz de Cilla sonó con una calma fría–. Estoy bien, Nick. No te preocupes –apoyó una mano firme en el micro–. Esa canción ha sido para Chuck de Laurie, con todo su amor

–miró a Boyd antes de apretar la tecla del teléfono–. KHIP, estás en antena.

Lo había conseguido. Eso era lo único que importaba. Y no pensaba desmoronarse tal como había hecho la noche anterior. Dio las gracias por ello. Lo único que necesitaba era pensar.

No había puesto objeción alguna cuando Boyd llevó su coche. Ceder el derecho a conducir era la última de sus preocupaciones.

–Voy a entrar –dijo él después de aparcar. Ella se encogió de hombros y se dirigió hacia la puerta.

Con lentitud premeditada colgó el abrigo y se quitó los zapatos. Sin hablar, se sentó y encendió un cigarrillo. Ver el patrullero en el exterior la había aliviado. Deborah se hallaba a salvo y dormida.

–Mire –empezó Cilla una vez que ordenó sus pensamientos–, creo que es inútil seguir con esto. Me parece que ya lo tengo.

–¿Sí? –él no se sentó. La calma gélida de Cilla lo inquietaba más que la histeria o la ira–. Explíquemelo.

–Es evidente que ha cometido un error. Me ha confundido con otra persona. Solo tengo que convencerlo de eso.

–Solo tiene que convencerlo –repitió Boyd–. ¿Y cómo piensa hacerlo?

–La próxima vez que llame, haré que me escuche –cruzó un brazo y comenzó a frotarse un hombro–. Por el amor de Dios, Fletcher, yo no he asesinado a nadie.

–De modo que le dirá eso y él se mostrará perfectamente razonable y se disculpará por haberla molestado.

–Conseguiré que lo comprenda –su calma controlada comenzaba a agrietarse.

–Intenta convencerse de que es un tipo racional, Cilla. Y no lo es.

–¿Qué se supone que debo hacer? –exigió, rompiendo el cigarrillo en dos mientras lo apagaba–. Sea o no racional, he de hacerle ver que ha cometido un error. Nunca he matado a nadie –rio con tensión mientras se quitaba la cinta del pelo–. Jamás he seducido a nadie.

–Deme un respiro.

La ira la impulsó a levantarse.

–¿Cómo me ve, como una especie de viuda negra que va por ahí tentando a los hombres para acabar con ellos una vez saciada? A ver si lo entiende, Fletcher. Soy una voz, y muy buena. Pero ahí se termina.

–Es mucho más que una voz, Cilla. Los dos lo sabemos –calló un momento, a la espera de que volviera a mirarlo–. Y también él.

Algo tembló en el interior de ella, una mezcla de miedo y anhelo. No quería saber nada de ninguna de las dos cosas.

–Sea lo que sea, no soy una seductora. Es una representación, un espectáculo, y no tiene nada que ver con la realidad. Mi ex marido sería el primero en decirle que ni siquiera tengo un impulso sexual.

–Nunca mencionó que hubiera estado casada –entrecerró los ojos.

«Y tampoco era mi intención», pensó mientras con gesto cansado se pasaba una mano por el pelo.

–Fue hace un millón de años. ¿Qué importa?

–Todo importa. Quiero su nombre y su dirección.

–No sé cuál es su dirección. Ni siquiera duramos un año. Por el amor de Dios, yo tenía veintiún años –se frotó la frente.

–Su nombre, Cilla.

–Paul. Paul Lomax. Hace ocho años que no lo veo... desde que se divorció de mí –giró hacia la ventana, luego de nuevo hacia él–. La cuestión es que el tipo que llama tiene una frecuencia equivocada. Se ha metido en la cabeza... que empleé artimañas para seducir a alguien, lo cual no encaja.

–Al parecer él cree que sí.

–Bueno, pues se equivoca. Ni siquiera fui capaz de mantener feliz a un hombre, de modo que es una broma que piense que puedo seducir a legiones.

–Es un comentario estúpido, incluso para usted.

–¿Cree que me gusta reconocer que soy solo una fachada, que soy horrible en la cama? –soltó mientras iba de un lado a otro–. El último hombre con el que salí me dijo que tenía hielo en la sangre. Pero no lo maté –se serenó un poco, divertida a pesar de sí misma–. Aunque se me pasó por la cabeza.

–Creo que es hora de que se tome este asunto en serio. Y también que se tome a sí misma en serio.

–Me tomo muy en serio.

–Profesionalmente –convino–. Sabe exactamente qué hacer y cómo hacerlo. Personalmente... es la primera mujer que conozco que está dispuesta a reconocer que no podría hacer bailar a un hombre al son que ella quiere.

–Soy realista.

–Creo que es una cobarde.

–Váyase al infierno –levantó la barbilla.

Él no pensaba dar marcha atrás. Tenía que demostrar algo, ante los dos.

–Creo que le da miedo intimar con un hombre, le da miedo averiguar qué tiene dentro. Quizá averigüe que es algo que no puede controlar.

–No es esto lo que necesito de usted. Encárguese de quitarme a ese hombre de la espalda –fue a pasar a su lado pero él la detuvo agarrándola del brazo.

–¿Qué le parece un experimento?

–¿Un experimento?

–¿Por qué no lo intenta, O'Roarke... conmigo? Sería seguro, ya que apenas me soporta. Es una prueba –le aferró el otro brazo–. Sin riesgo –podía sentir la furia que vibraba en ella. Por motivos que ni había analizado, él se sentía igual de furioso–. Cinco a uno a que no siento nada –la acercó hasta unos centímetros–. ¿Quiere demostrar que me equivoco?

4

Estaban cerca. Ella había alzado la mano en un gesto defensivo inconsciente y en ese momento tenía los dedos extendidos sobre el pecho de él. Podía sentir sus latidos, lentos y regulares. Centró su resentimiento en ese ritmo mientras sus propias palpitaciones se desbocaban.

–No tengo que demostrarle nada.

Boyd asintió. La furia en los ojos de ella le resultaba mucho más fácil de manejar que el miedo.

–A sí misma, entonces –sonrió para provocarla–. ¿Qué sucede, O'Roarke? ¿La asusto? –los dos sabían que había apretado la tecla exacta. Le importaba un bledo que lo que la hiciera actuar fuera el malhumor. Lo importante era que reaccionara.

Ella echó la cabeza atrás y lentamente subió la mano por el torso de Boyd hasta el hombro. Buscaba una reacción. Pero él solo enarcó una ceja y, con una leve sonrisa, la observó.

«Así que quiere jugar», pensó Cilla. Bueno, pues

jugarían. Hizo a un lado el sentido común y pegó los labios a los de él.

Los sintió firmes, frescos. Y quietos. Con los ojos abiertos, vio que la expresión de Boyd era paciente y odiosamente divertida. Cerró el puño sobre su hombro y se echó para atrás.

–¿Satisfecho?

–En absoluto –estaba entrenado para mantener la calma, pero si ella se hubiera molestado en sentir en ese momento los latidos de su corazón, los habría encontrado erráticos–. No lo está intentando, O'Roarke –bajó una mano a la cadera de Cilla, desequilibrándola lo suficiente como para que se apoyara contra él–. ¿Quiere que crea que es lo mejor que sabe hacer?

Se sintió atravesada por una humillación airada. Lo maldijo, le hizo bajar la boca y se entregó en ese beso.

Los labios de Boyd seguían firmes, pero ya no estaban frescos. Ni indiferentes. Durante un instante la martilleó el impulso de retirarse. Pero entonces unas necesidades casi olvidadas se apoderaron de ella. Un torrente de anhelos, una tormenta de deseos. Abrumada, se pegó a él y dejó que el poder y el calor la sacudieran, recordándole lo que se sentía al experimentar la pasión otra vez.

Los demás pensamientos se desvanecieron. Pudo sentir el cuerpo largo y duro de Boyd pegado al suyo, las caricias lentas de las manos de él al subir por su espalda y penetrar en su pelo. La boca, impaciente ya, tomó y tomó hasta que Cilla sintió que la sangre le martilleaba la cabeza.

Él había creído que estaría preparado. Desde que la conocía había fantaseado una docena de veces con probarla de esa manera. Había imaginado lo que sentiría al tenerla pegada a su cuerpo, oírla suspirar, captar la fragancia febril de su piel.

Pero la realidad era mucho más potente que cualquier sueño.

Era explosiva, turbulenta y potencialmente letal. La corriente de electricidad crepitó, pasando de ella a él, dejándolo sin aliento, aturdido y encendido. Al gemir sintió que Cilla se retiraba y recuperaba su poder.

Ella tembló y emitió un sonido, en parte protesta y en parte confusión, al intentar separarse.

Él tenía su pelo en la mano. Solo tendría que tirar con suavidad para que acercara otra vez la cabeza. Se tomó su tiempo y dejó que su mirada memorizara el rostro de ella. Quería ver en los ojos de Cilla lo que él mismo había sentido. El reflejo se hallaba allí, un anhelo elemental. Sonrió otra vez cuando ella abrió los labios con gesto trémulo y su respiración salió entrecortada.

–Aún no he terminado –informó, y volvió a pegarla a su cuerpo para saquearla.

Cilla necesitaba pensar, pero los pensamientos no eran capaces de encontrar el camino a través de las sensaciones que le nublaban la razón y abotargaban su voluntad. Antes de que pudiera dominarla el pánico, volvió a experimentar la subida y se aferró a Boyd, abriéndose a él, exigiéndole la misma entrega.

Él supo que podría darse un festín y jamás sentirse saciado. No cuando la boca de ella estaba ardiente, húmeda y madura para ser saboreada. Sabía que podía retener, pero jamás controlar. No cuando el cuerpo de Cilla vibraba debido a la explosión que juntos habían provocado. La promesa que había oído en su voz, visto en sus ojos, estaba al alcance de su mano.

Incapaz de resistirse, deslizó las manos por debajo de la sudadera para encontrar una piel cálida y satinada. Tomó, poseyó, explotó, hasta que el anhelo que se extendió por su cuerpo se tornó en dolor.

«Demasiado rápido», se advirtió. «Demasiado pronto». Para ambos. La sostuvo, levantó la cabeza y esperó que ella emergiera a la superficie.

Cilla abrió los ojos y solo vio su cara. Respiró hondo y solo percibió el sabor de él. Mareada, se llevó una mano a la sien y luego la dejó caer al costado.

–Quie... quiero sentarme.

–Ya somos dos –del brazo la condujo al sofá y se sentó a su lado.

Ella se concentró en estabilizar la respiración, concentrada en la ventana oscura del otro lado del salón. Quizá con suficiente tiempo, con suficiente distancia, lograría convencerse de que lo que había sucedido no había sacudido toda su vida.

–Ha sido una estupidez.

–Ha sido muchas cosas –señaló Boyd–. Pero en ningún momento lo calificaría de esa manera.

–Me enfadaste –respiró hondo.

–No es muy difícil lograrlo.

–Escucha, Boyd...

–De modo que *puedes* decirlo –antes de que ella pudiera detenerlo, le acarició el cabello en un gesto casual e íntimo que volvió a acelerar el pulso de Cilla–. ¿Significa que no usas el nombre de un hombre hasta que lo besas?

–No significa nada –se levantó con la esperanza de recuperar con más rapidez la fuerza en sus piernas si se ponía a caminar–. Es evidente que nos hemos desviado del camino.

–Hay más de uno –se reclinó en el respaldo para observarla con placer. Había algo estupendo en mirar el movimiento de unas piernas largas y femeninas.

–Para mí solo uno –lo miró por encima del hombro–. Será mejor que lo entiendas.

–De acuerdo, seguiremos ese durante un rato –podía esperar, ya que tenía toda la intención de cambiar de carril, y muy pronto–. Parece que tienes la extraña idea de que lo único que atrae a los hombres en ti es tu voz. Creo que acabamos de demostrar que no es así.

–Lo que acaba de suceder no ha demostrado nada –aún tenía que descubrir si había algo que pudiera enfurecerla más que su sonrisa perezosa y paciente–. En cualquier caso, eso no tiene nada que ver con el hombre que me llama.

–Eres una mujer inteligente, Cilla. Utiliza la cabeza. Está obsesionado contigo, pero no por él. Quiere hacerte pagar por algo que le hiciste a otro hombre. Alguien que conociste –continuó cuando ella se detuvo para sacar un cigarrillo–. Alguien que estuvo relacionado contigo.

–Ya te he dicho que no hay nadie.

–Nadie ahora.

–Ni ahora ni antes, ni en años.

Después de experimentar la primera oleada de su pasión, eso le resultaba más difícil de creer. No obstante, asintió.

–Para ti no debió significar gran cosa. Quizá ahí radica el problema.

–Por el amor de Dios, Fletcher, ni siquiera salgo con hombres. No tengo tiempo ni inclinación.

–Luego hablaremos de tus inclinaciones.

Cansada, se volvió para mirar el cristal de la ventana.

–Maldita sea, Boyd, sal de mi vida.

–Estamos hablando de tu vida –el deje que ella captó en su voz hizo que contuviera la réplica que había estado a punto de darle–. Si no ha habido nadie en Denver, empezaremos a trabajar hacia atrás. Pero quiero que pienses, y que te concentres mucho. ¿Quién ha mostrado interés en ti? Alguien que llame a la emisora más de lo que es normal. Alguien que pida conocerte, que te haga preguntas personales. Alguien que se ha acercado a ti, que quizá te ha invitado a salir.

–Tú –rio sin humor.

–Recuérdame que me investigue –dijo con voz engañosamente suave, aunque ella captó la irritación y frustración–. ¿Quién más, Cilla?

–Nadie, nadie que haya insistido –pegó las manos a los ojos en busca de un momento de paz–. Recibo llamadas. Esa es la idea. En algunas me invitan a salir, otros incluso me envían regalos. Ya sabes, bombones y flores. No hay nada siniestro en un ramo de rosas.

–Hay muchas cosas siniestras en una amenaza de muerte.

–No recuerdo a nadie que me haya llamado y coqueteado en antena. Los tipos a los que rechazo permanecen rechazados.

Él solo pudo mover la cabeza. Lo maravillaba que una mujer tan aguda pudiera ser tan ingenua en algunas ocasiones.

–De acuerdo, probaremos con otro ángulo. En la emisora son casi todos hombres.

–Somos profesionales –espetó y comenzó a morderse las uñas–. Mark está felizmente casado. Bob también. Jim es un amigo... y bueno.

–Has olvidado a Nick.

–¿Nick Peters? ¿Qué pasa con él?

–Está loco por ti.

–¿Qué? –se sorprendió lo suficiente como para girar–. Es ridículo. Se trata de un niño.

–No lo has notado, ¿verdad? –suspiró tras una pausa.

–No hay nada que notar –más perturbada de lo que quería reconocer, se dio la vuelta otra vez–. Mira, así no vamos a ninguna parte y yo estoy... –calló y despacio se llevó la mano al cuello.

–¿Y tú qué?

–Hay un hombre al otro lado de la calle. Mira hacia aquí.

–Apártate de la ventana.

–¿Qué?

–Mantente lejos de la ventana y cierra la puerta –se levantó y la apartó–. No la vuelvas a abrir hasta que yo regrese.

Asintió y lo siguió hasta la puerta. Tenía los labios apretados mientras observaba cómo sacaba su arma. Ese simple gesto la devolvió a la realidad. Había sido un movimiento suave, no tanto practicado como instintivo. Llevaba diez años en el cuerpo. Ya había desenfundado y disparado.

–Voy a echar un vistazo. Cierra cuando salga –ordenó sin rastro alguno del hombre que la había abrazado y besado–. Si no vuelvo en diez minutos, llama a la policía. ¿Entendido?

–Sí –cedió a la necesidad de tocarle el brazo–. Sí –repitió.

Boyd no se había abrochado la chaqueta y el viento penetrante de la noche atravesó la tela de la camisa. El arma encajaba a la perfección en su mano. Miró a la derecha, a la izquierda, y vio que la calle se hallaba desierta y oscura salvo por los charcos de luz que proyectaban las farolas a intervalos regulares. Solo era un tranquilo vecindario residencial, dormido en las horas que anteceden al amanecer. El viento gemía entre los árboles.

No dudó de Cilla... ni lo habría hecho aunque no hubiera captado de un vistazo a través de la ventana una figura solitaria en la acera de enfrente.

Quienquiera que hubiera sido, ya no estaba.

Como si quisiera recalcar los pensamientos de Boyd, se oyó el sonido de un motor a unas dos manzanas de distancia. Juró pero no se molestó en perseguirlo. Con tanta ventaja, sería una pérdida de tiempo. A cambio, recorrió media manzana en cada dirección, luego rodeó la casa con cautela.

Cilla tenía la mano en el teléfono cuando llamó a la puerta.

–Está bien. Soy yo.

En tres zancadas ella se plantó ante la puerta.

–¿Lo has visto? –quiso saber en cuanto Boyd entró.

–No.

–Estaba allí. Lo juro.

–Lo sé –volvió a echar el pestillo–. Intenta relajarte. Ya se ha ido.

–¿Relajarme? –en los últimos diez minutos había dispuesto de suficiente tiempo para pasar de inquieta a frenética–. Sabe dónde trabajo y dónde vivo. ¿Cómo se supone que volveré a relajarme alguna vez? Si tú no lo hubieras asustado, podría haber... –se pasó las manos por el pelo. No quería pensar en lo que podría haber pasado. No se atrevía.

Durante unos momentos, Boyd no habló. La observó mientras lenta y dolorosamente recuperaba el control.

–¿Por qué no te tomas unos días libres y te quedas en casa? Organizaré que un patrullero recorra el vecindario.

Ella se dejó caer en un sillón.

–¿Qué diferencia supondrá que esté aquí o en la emisora? –movió la cabeza antes de que él pudiera responder–. Y si me quedara en casa me volvería loca pensando y preocupándome. Al menos en el trabajo tengo otras cosas en la cabeza.

–Ya hablaremos de ello más tarde –no había esperado que aceptara–. Ahora mismo estás cansada. ¿Por qué no te vas a la cama? Yo dormiré en el sofá.

Quiso ser lo bastante fuerte como para decirle que no era necesario. Que no necesitaba que la protegiera. Pero la oleada de gratitud que experimentó la debilitó.

–Te traeré una manta.

Casi había amanecido cuando llegó a su casa. Había conducido mucho tiempo, de un barrio dormido a otro, hasta llegar al centro de la ciudad, sumido en una quietud fantasmal, todo para ocultar su rastro. El pánico había permanecido con él la primera hora, pero lo había dominado, y se había obligado a conducir despacio, con cuidado. Que lo parara un patrullero podría estropear todos sus planes.

Sudaba bajo la bufanda y la gorra que llevaba. Tenía los pies helados en la finas zapatillas de tenis. Pero estaba demasiado acostumbrado a la incomodidad para notarlo.

Trastabilló hasta el cuarto de baño sin encender la luz. Con facilidad evitó sus alarmas caseras. El cable delgado que iba desde el brazo del sillón destartalado hasta el brazo del sofá descolorido. La torre de latas ante la entrada de su dormitorio. Poseía una excelente visión nocturna. Era algo de lo que siempre había estado orgulloso.

Se duchó en la oscuridad, dejando que el agua caliente le recorriera el cuerpo tenso. Al empezar a relajarse, se permitió disfrutar de la fragancia del jabón... su aroma favorito. Empleó un cepillo de mango largo para frotarse con violencia cada centímetro de piel.

Mientras se lavaba, la oscuridad comenzó a mitigarse con la primera luz acuosa del amanecer.

Sobre el corazón tenía un complejo tatuaje de dos cuchillos con las hojas cruzadas para formar una X. Lo acarició con los dedos. Recordaba cuando aún era nuevo, cuando se lo había mostrado a John. Este había quedado fascinado e impresionado.

Evocó la imagen con claridad. Los ojos oscuros y entusiasmados de John. Su voz... su manera rápida de hablar, casi atropellada. A veces se habían quedado sentados en la oscuridad hablando durante horas, haciendo planes y promesas. Iban a viajar juntos, a hacer grandes cosas juntos.

Pero entonces el mundo había interferido. La vida había interferido. La mujer había interferido.

Chorreando agua salió de la ducha. La toalla se hallaba en el lugar exacto donde la había dejado. Nadie entraba en su casa para perturbar su paz cuidadosamente ordenada. En cuanto se secó, se puso un pijama viejo. Le recordaba la infancia que le habían arrebatado.

Al salir el sol, se preparó unos sándwiches enormes y los comió de pie en la cocina, inclinado sobre el fregadero para que las migas no cayeran al suelo.

Se sentía fuerte otra vez. Limpio y alimentado. Su ingenio superaba a la policía, los dejaba como tontos. Eso le encantaba. Estaba asustando a la mujer, aportando terror a cada día de su vida. Eso lo excitaba. Cuando llegara la hora, le haría todo lo que le había prometido.

Y aun así no sería suficiente.

Fue al dormitorio, cerró la puerta, bajó las persianas y recogió el teléfono.

Deborah salió de su habitación con un camisón blanco y una fina bata azul que le llegaba hasta la mitad de los muslos. Tenía las uñas de los pies pintadas de un rosa intenso. Se las había pintado la noche anterior para divertirse mientras estudiaba.

Repasaba las preguntas que creía que le harían en el examen que tenía a las nueve de la mañana. Sin embargo, las respuestas parecían atascarse en un cruce de caminos entre el consciente y el inconsciente. Esperaba desbloquearlas con una rápida dosis de café.

Bostezando, tropezó con una bota, cayó sobre el sofá y soltó un grito ahogado cuando su mano encontró una piel cálida.

Boyd se incorporó como un muelle y soltó el brazo en busca del arma. Con las caras cerca, miró a Deborah, la piel blanca, los enormes ojos azules, la mata de pelo oscuro, y se relajó.

–Buenos días.

–Yo... ¿Detective Fletcher?

–Creo que sí –se pasó una mano por los ojos.

–Lo siento. No sabía que estuviera aquí –carraspeó y recordó cerrarse la bata. Miró en dirección a las escaleras y automáticamente bajó la voz. Su hermana no tenía un sueño profundo ni en las mejores circunstancias–. ¿Qué hace aquí?

Él movió un hombro que se le había puesto rígido debido al sofá.

–Te dije que iba a cuidar de Cilla.

–Sí, lo hizo –entrecerró los ojos al estudiarlo–. Se toma el trabajo en serio.

–Así es.

–Bien –satisfecha, sonrió. En la agitación y confusión de sus diecinueve años, había aprendido a realizar juicios de carácter con rapidez–. Iba a preparar café. Tengo una clase pronto. ¿Le sirvo una taza?

–Claro. Gracias –si era como su hermana, no iba a poder dormir más hasta que respondiera a las preguntas que dieran vueltas por su cabeza.

–Imagino que también querrá darse una ducha. Mide quince centímetros de más para que su noche en el sofá haya sido cómoda.

–Veinte –se frotó la nuca rígida–. Creo que son unos veinte centímetros.

–Vaya a ducharse. Yo empezaré con el café –al volverse para ir a la cocina, sonó el teléfono. Aunque sabía que Cilla contestaría antes de que sonara una segunda vez, automáticamente fue hacia el aparato.

Boyd movió la cabeza. Alargó la mano, alzó el auricular y escuchó.

Con las manos cerradas sobre las solapas de la bata, Deborah lo observó. El rostro de él permaneció impasible, pero captó un destello de ira en sus ojos. Aunque breve, fue lo bastante intenso para indicarle quién estaba al otro lado de la línea.

Boyd apretó el interruptor y luego marcó una serie de números.

–¿Algo? –no se molestó en maldecir al recibir una negativa–. Bien –después de colgar, miró a Deborah. Se hallaba junto al sofá con las manos apretadas y el rostro pálido–. Iré arriba –dijo–. Tomaré ese café en otra ocasión.

–Mi hermana estará agitada. Quiero hablar con ella.

Él hizo a un lado la manta y se levantó; solo tenía puestos los vaqueros.

–Te agradeceré que me dejes manejar la situación esta vez.

Ella quiso discutir, pero algo en sus ojos la hizo desistir. Asintió.

–De acuerdo, pero haga un buen trabajo. No es tan dura como le gusta que la gente piense.

–Lo sé.

Subió las escaleras hasta la primera planta y pasó de largo ante una puerta abierta que daba a una habitación con la cama hecha. Decidió que era la de Deborah. Se detuvo en la siguiente, llamó y entró sin aguardar respuesta.

Cilla se hallaba sentada en medio de la cama, con las rodillas pegadas al pecho y la cabeza apoyada en ellas. Las sábanas y las mantas estaban enredadas, testimonio de las pocas horas de sueño inquieto que había tenido.

En su habitación no había rastro de encaje femenino ni de colores suaves. Prefería las líneas limpias antes que las curvas, la sencillez antes que los adornos. En contraste, los colores eran eléctricos y cualquier cosa menos serenos. En el centro de los vibrantes azules y verdes, parecía aún más vulnerable.

Ella no alzó la vista hasta que Boyd se sentó en el borde de la cama y le tocó el pelo. Levantó la cabeza despacio. Él vio que no había lágrimas. En vez del temor que había esperado, exhibía un agotamiento insoportable que resultaba más perturbador.

–Ha llamado –dijo.

–Lo sé. He escuchado desde el supletorio.

–El de anoche era él –giró la cara hacia la ventana, donde vio que el sol se afanaba por desterrar unas nubes bajas–. Dijo que me vio, que nos vio. Hizo que sonara asqueroso.

–Cilla...

–¡Nos estaba mirando! –escupió las palabras–. Nada que diga, nada que haga, lo detendrá. Y si llega hasta mí, me hará todo lo que ha prometido.

–No llegará hasta ti.

–¿Cuánto tiempo? –quiso saber. Cerró y abrió los dedos sobre las sábanas mientras lo atravesaba con la mirada–. ¿Cuánto tiempo podrás vigilarme? Esperará. Esperará y seguirá llamándome, observándome –algo se quebró en su interior, alzó el teléfono que había sobre la mesita de noche y lo tiró al otro lado del cuarto. Rebotó contra la pared antes de caer con ruido sordo al suelo–. No vas a poder detenerlo. Lo has oído. Dijo que nada lo detendría.

–Esto es lo que persigue –la tomó por los brazos y la sacudió con suavidad–. Quiere que te desmorones. Quiere saber que ha logrado derrumbarte. Si lo haces, solo estarás ayudándolo.

–No sé qué hacer –logró decir–. No sé qué hacer.

–Debes confiar en mí. Mírame, Cilla –con aliento entrecortado, lo miró a los ojos–. Quiero que confíes en mí –musitó–. Y que me creas cuando digo que no dejaré que te suceda nada.

–No siempre podrás estar a mi lado.

–Claro que sí –esbozó una leve sonrisa y comenzó a frotarle los brazos.

–Quiero... –cerró los ojos. Cómo odiaba pedir. Necesitar.

–¿Qué?

Le temblaron los labios cuando intentó un último esfuerzo por mantener el control.

–Necesito aferrarme a algo –suspiró con labios trémulos–. Por favor.

Él no dijo nada, pero la acercó y le apoyó la cabeza en su hombro. Las manos de ella, cerradas, se pegaron a su espalda. Temblaba y luchaba por contener las lágrimas.

–Déjate llevar –murmuró Boyd.

–No puedo –no abrió los ojos y no lo soltó. Era sólido, cálido, fuerte. Fiable–. Tengo miedo de que, en cuanto lo haga, no pueda parar.

–Muy bien, probemos con esto –le alzó la cabeza y le dio un beso suave en los labios–. Piensa en mí. Aquí mismo –volvió a rozarle los labios–. Ahora mismo –con paciencia, le acarició la espalda rígida–. Solo en mí.

Allí había compasión. Jamás había imaginado que el beso de un hombre pudiera contenerla. Fue más que gentil y tierno, le mitigó los temores, calmó sus fríos miedos, desterró su desesperación. Relajó las manos cerradas. No hubo exigencias mientras los labios de él le recorrían la cara. Solo comprensión.

Resultó sencillo hacer lo que Boyd le pedía. Solo pensó en él.

Con vacilación, levantó una mano y dejó que los dedos recorrieran la mejilla con un día de barba. La palpitación en su cabeza se tranquilizó. Musitó su nombre y se fundió contra él.

Tenía que ir con cuidado. Mucho cuidado. La entrega total de Cilla hizo que sus necesidades comenzaran a palpitar. No les prestó atención. En ese momento ella requería consuelo, no pasión. No importaba que tuviera los sentidos despiertos y percibiera la suave entrega de su cuerpo, el sabor especial de su boca. No podía importar que el aire se hubiera espesado y que con cada respiración inhalara su fragancia.

Sabía que bastaría con tenderla sobre la cama revuelta. No se resistiría. Quizá, incluso, le diera la bienvenida al calor y a la distracción. A ese descanso momentáneo. Pero tenía la intención de ser mucho más para ella.

Luchando contra sus propios demonios, pegó los labios a su frente y apoyó la mejilla en su pelo.

–¿Mejor?

Ella asintió con aliento entrecortado. No estaba segura de ser capaz de hablar. ¿Cómo podría decirle que únicamente deseaba permanecer de esa manera, con los brazos en torno a su cuerpo, con el corazón palpitando al ritmo del de Boyd? La consideraría una tonta.

–Yo, mmm... no sabía que pudieras ser un tipo tan agradable, Fletcher.

–Tengo mis momentos –sonrió.

–Sí. Bueno, esto ha ido más allá del deber.

Tal vez, solo tal vez, ella no intentara pincharlo. Se apartó y apoyó una mano bajo su barbilla.

–No estoy de servicio. Cuando te beso, no tiene nada que ver con mi trabajo. ¿Entendido?

La intención de Cilla había sido darle las gracias, no irritarlo.

–Claro.

–Claro –repitió él, luego se levantó disgustado para meter las manos en los bolsillos.

Por primera vez ella notó que solo llevaba puestos los vaqueros, desabrochados y bajos en la cintura. El nudo súbito que sintió en el estómago no tuvo nada que ver con el miedo y la dejó momentáneamente muda.

Lo deseaba. No solo para abrazarlo, no para recibir unos pocos besos encendidos. Y desde luego no para que la consolara. Lo deseaba en la cama, del modo en que no podía recordar haber deseado a otro hombre. Podía mirarlo, la línea larga y esbelta de su torso, las caderas estrechas, el movimiento de los músculos en los brazos mientras Boyd cerraba los puños, y podía imaginar cómo sería tocarlo y ser tocada por él, rodar en la cama dominados por la pasión. Poseerlo y ser poseída.

–¿Qué diablos te pasa ahora?

–¿Qué?

–¿Dando un rodeo, O'Roarke? –con los ojos entrecerrados, se apoyó en los talones mientras ella parpadeaba.

–Yo, eh... –se le resecó la boca y sintió un nudo

fuerte de presión en las entrañas. ¿Qué diría él si le contara adónde acababa de llevarla su mente? Dejó que los ojos se le cerraran–. Cielos –murmuró–, creo que necesito un café –«y una zambullida en un lago frío».

–Tu hermana iba a prepararlo –frunció el ceño al estudiarla. Pensó en Deborah por un momento, en cómo había estado a punto de caer sobre él cuando apenas llevaba puesto poco más que un camisón de encaje. Había apreciado su cuerpo esbelto. ¿Qué hombre no? Pero mirarla no lo había sacudido. Y allí estaba Cilla, sentada con los ojos velados, con una camiseta de los Broncos que era dos tallas mayor. El algodón anaranjado no era una lencería seductora. Sin embargo, como se quedara allí un momento más, caería de rodillas para suplicarle misericordia–. ¿Qué te parece si desayunamos? –preguntó con brusquedad.

–Nunca lo hago –el tono de él la ayudó a ordenar sus pensamientos.

–Hoy sí. Diez minutos.

–Mira, detective...

–Haz algo con tu pelo –dijo al abandonar la habitación–. Pareces salida del infierno.

Encontró a Deborah en la cocina, completamente vestida y bebiendo café. Que lo esperaba era obvio. En cuanto entró en la estancia, ella se levantó.

–Está bien –expuso con brevedad–. Voy a prepararle algo para desayunar.

–¿Por qué no se sienta? –comentó, a pesar de enarcar una ceja al recibir esa información–. Yo lo prepararé para los dos.

–Creía que tenías una clase temprano.

–Me la saltaré.

–Entonces tu hermana se enfadará con los dos –se dirigió hacia el café.

–Ya la conoce bastante bien –sonrió y abrió un cajón para darle una cucharita.

–No lo suficiente –se bebió media taza y se sintió casi humano. Tenía que pensar en Cilla. Y sería mejor que mantuviera esos pensamientos en el lado profesional–. ¿De cuánto tiempo dispones?

–De unos cinco minutos –repuso al mirar la hora.

–Háblame de su ex marido.

–¿Paul? –hubo sorpresa en su voz y en sus ojos–. ¿Por qué? –movió la cabeza antes de que él pudiera contestar–. ¿Cree que él tiene algo que ver con esto?

–Quiero comprobar todos los ángulos. El divorcio... ¿fue amistoso?

–¿Lo son alguna vez?

–Dímelo tú –era joven pero aguda.

–Bueno, en este caso, yo diría que fue amigable... o tan apacible como pueda ser –titubeó, indecisa. Si se trataba de ser leal a Cilla o de protegerla, debía elegir la protección–. Yo tenía unos doce años y Cilla jamás se mostró muy abierta al respecto, pero mi impresión siempre ha sido que él lo anhelaba.

–¿Por qué? –se apoyó en la encimera.

–Se había enamorado de otra –incómoda, movió los hombros. Rezó para que su hermana no lo considerara una traición–. Fue bastante claro que habían empezado a tener problemas antes de que yo me fuera a vivir con ellos. Justo después de que murieran mis padres. Cilla solo llevaba casada unos meses, pero... bueno, digamos que la luna de miel se había terminado. Estaba haciéndose un nombre en Atlanta y Paul... era muy conservador. Había decidido presentarse para concejal y la imagen de Cilla no encajaba con su estilo de vida.

–A mí me parece al revés.

Ella esbozó una sonrisa hermosa y le rellenó la taza.

–Recuerdo lo mucho que Cilla se esforzaba para mantener el trabajo y su vida familiar. Era un momento terrible para nosotras. Tampoco ayudó que de repente les cayera la responsabilidad de una niña de doce años. La tensión añadida... bueno, imagino que se podría decir que aceleró lo inevitable. Un par de meses después de que me trasladara con ellos, él dejó la casa y solicitó el divorcio. Ella no se opuso.

Boyd intentó imaginar cómo habría sido. Con veinte años había perdido a sus padres, aceptado el cuidado y la responsabilidad de una jovencita y visto cómo se desmoronaba su matrimonio.

–Me da la impresión de que le vino bien deshacerse de él.

–Supongo que no empeora mucho las cosas decir que jamás me cayó muy bien. Era inofensivo. Y aburrido.

–¿Por qué se casó con él?

–Creo que sería más apropiado que me lo preguntaras a mí –dijo Cilla desde el umbral.

5

Se había recogido el pelo en una coleta. Dejaba su rostro al descubierto, de manera que la furia que brillaba en sus ojos resultaba mucho más fácil de leer. Además de la camiseta con la que había dormido, se había puesto los pantalones amarillos de un chandal. Tenía las manos metidas en los bolsillos hondos mientras canalizaba su resentimiento hacia Boyd.

–Cilla –Deborah se adelantó–. Estábamos...

–Sí, lo he oído –miró a su hermana. El malhumor se suavizó–. No te preocupes. No es culpa tuya.

–No es una cuestión de culpas –musitó Deborah–. Nos importa lo que te pase.

–No va a pasar nada. Será mejor que te vayas, Deb, o llegarás tarde. Y parece que el detective Fletcher y yo tenemos cosas que discutir.

Deborah alzó las manos y las dejó caer. Le lanzó una mirada de simpatía a Boyd, luego besó a su hermana en la mejilla.

–De acuerdo. Además, jamás entrarás en razón a estas horas.

–Saca un sobresaliente –dijo Cilla.

–Eso pretendo. Iré al cine y a comer una hamburguesa con Josh, pero estaré en casa antes que tú.

–Que te diviertas –esperó sin moverse hasta que oyó que la puerta de entrada se cerraba–. Tienes mucha cara, Fletcher.

Él simplemente se dio la vuelta y sacó otra taza del gancho del que colgaba detrás de la cocina.

–¿Quieres un poco de café?

–No me gusta que interrogues a mi hermana –él llenó la taza y la dejó a un lado–. Aclaremos una cosa –se dirigió hacia Boyd con las manos en los bolsillos. Estaba convencida de que lo golpearía si las sacaba–. Si tienes alguna pregunta sobre mí, habla conmigo. Deborah no está implicada en nada de esto.

–Es mucho más abierta que su hermana. ¿Hay huevos? –preguntó al abrir la nevera.

Cilla logró contener el deseo de cerrársela en la cabeza.

–¿Sabes?, por un minuto me engañaste arriba. Llegué a pensar que tenías algo de corazón, de compasión.

Encontró media docena de huevos, un poco de queso y unas lonchas de beicon.

–¿Por qué no te sientas, O'Roarke, y te bebes el café?

Lo insultó. Algo brilló en los ojos de él, algo peligroso, pero su reacción fue recoger un tenedor largo y ponerse a freír el beicon.

–Tendrás que esforzarte más –indicó pasado un

momento–. Después de diez años en el cuerpo, hay pocas cosas originales que puedas decirme.

–No tenías derecho –la voz de Cilla se serenó, pero la emoción se duplicó–. Ningún derecho a sonsacarle eso. Solo era una niña, desolada y asustada. Todo aquel año fue un infierno para ella, y no te necesita para que se lo recuerdes.

–Lo llevó muy bien –rompió un huevo sobre un cuenco, luego aplastó la cáscara en la mano–. A mí me da la impresión de que eres tú quien lo lleva mal.

–No te metas en mi vida.

Le sujetó el brazo con tanta rapidez que ella no tuvo oportunidad de escapar. Boyd habló con voz engañosamente suave, con un tono que insinuaba un volcán.

–Ni lo sueñes.

–Lo que sucedió entonces no tiene nada que ver con lo que está pasando ahora, y lo que pasa ahora es lo único que te atañe.

–Soy yo quien tiene que determinarlo –se contuvo con un esfuerzo. No recordaba a nadie que lo hubiera empujado al límite de su paciencia tan a menudo–. Si quieres que lo deje estar, entonces cuéntamelo. Los ex cónyuges son los sospechosos favoritos.

–Fue hace ocho años –se soltó y, como necesitaba hacer algo con las manos, recogió la taza. Vertió un poco sobre la encimera.

–Me lo cuentas tú o lo hará otra persona, pero el resultado final será el mismo.

–¿Quieres que te lo cuente? ¿Quieres que te revele todo? Perfecto. Poco importa ya. Tenía veinte años, era estúpida. Él era guapo, encantador e inteligente... todas las cosas que buscan las chicas estúpidas de veinte años –bebió un trago de café, luego alargó el brazo para recoger un trapo y limpiar la encimera–. Nos conocíamos desde hacía un par de meses. Él era muy persuasivo, muy romántico. Acepté casarme porque quería algo estable y real en mi vida. Y creía que me amaba.

Estaba más sosegada. No se había dado cuenta de que la ira se había evaporado. Suspiró, se volvió y con gesto mecánico sacó unos platos y cubiertos.

–No funcionó... casi desde el primer día. Físicamente lo decepcioné y quedó desilusionado al descubrir que consideraba mi trabajo tan importante como el suyo. Había esperado convencerme de cambiar de trabajo. No es que quisiera que lo dejara, que estuviera en contra de que tuviera una carrera, incluso en la radio... siempre y cuando no interfiriera con sus planes.

–¿Y cuáles eran? –preguntó Boyd mientras dejaba que el beicon se escurriera un poco.

–La política. En realidad, nos conocimos en una función de beneficencia que había organizado la emisora. Él intentaba ganar votos. Yo hacía promoción. Ahí radicó el problema principal –murmuró–. Conocimos la personalidad pública del otro.

–¿Qué pasó?

–Nos casamos... demasiado deprisa. Y las cosas salieron mal... demasiado deprisa. Incluso había empezado a meditar en su idea de que me pasara a marketing o ventas. Había llegado a la conclusión de que al menos debería intentarlo. Pero entonces mis padres... Los perdí y me llevé a Deborah a casa –calló. No podía hablar de aquella época, ni siquiera era capaz de pensar en los temores y el dolor, en el resentimiento.

–Debió de ser duro.

–La cuestión es que no fui capaz de sobrellevarlo –se encogió de hombros–. Necesitaba trabajar. La tensión pudo con los tambaleantes cimientos que teníamos. Él encontró a alguien que lo hizo más feliz y me dejó –llenó la taza con café–. Fin de la historia.

Boyd se preguntó qué se suponía que debía decir. «¿Una ruptura dura? ¿Todos cometemos errores? ¿Estabas mejor sin ese imbécil? Ningún comentario personal», se advirtió. Los dos ya estaban bastante nerviosos.

–¿Te amenazó alguna vez?

–No.

–¿Te forzó?

–No, no –emitió una risa cansada–. Intentas convertirlo en el malo de la película, Boyd, y no es así. Fuimos sencillamente dos personas que cometimos un error, porque nos casamos antes de saber qué queríamos.

–A veces la gente guarda rencor sin ser consciente de ello –se puso a servir los huevos en los platos–. Y un día estos se liberan.

–Él no me guardaba rencor –se sentó y con el tenedor eligió una tira de beicon. La observó mientras se partía en dos–. Nunca le importé lo bastante para eso. Es la triste verdad –sonrió, pero en sus ojos no había ni rastro de humor–. Verás, pensaba que yo era como la mujer que oía en la radio... seductora, sofisticada, sexy. Quería a esa clase de mujer en la cama. Y fuera de ella quería a una mujer educada, arreglada y servicial que cuidara de su hogar. Yo no era ninguna de las dos cosas –se encogió de hombros y volvió a dejar el beicon en el plato–. Como él no era el hombre servicial, fiable y comprensivo que había pensado, los dos nos desilusionamos. Tuvimos un divorcio muy tranquilo y civilizado, nos estrechamos la mano y seguimos nuestros respectivos caminos.

–Si no hubo nada más, ¿por qué aún te duele?

–Nunca has estado casado, ¿verdad? –alzó unos ojos sombríos para mirarlo.

–No.

–Entonces no podría explicártelo. Si quieres investigar a Paul, adelante, pero será una pérdida de tiempo. Te puedo asegurar que no ha pensado ni una sola vez en mí desde que me marché de Atlanta.

Él dudó de que algún hombre que hubiera tenido intimidad con Cilla pudiera quitársela por completo de la cabeza.

–Se te enfrían los huevos.

–Te dije que jamás desayuno.

–Compláceme –alargó la mano, llenó el tenedor y lo acercó a sus labios.

–Eres inagotable –dijo después de tragar–. ¿No tienes que dar parte en la comisaría o algo por el estilo?

–Ya lo hice... anoche, después de que te metieras en la cama.

Ella jugó con la comida en el plato, llevándose uno o dos bocados a la boca para evitar que la atosigara. «Se quedó», se recordó, «mucho después de que hubiera terminado su turno». Estaba en deuda con él por eso. Y siempre pagaba sus deudas.

–Mira, agradezco que te quedaras, y sé que

forma parte de tu trabajo hacer todo tipo de preguntas personales. Pero, de verdad, quiero que dejes a Deb al margen.

–Todo lo que pueda.

–Se acerca la primavera. Voy a intentar convencerla de que se vaya a la playa.

–Buena suerte –bebió café y la observó por encima del borde de la taza–. Quizá lo consigas si te vas con ella.

–No pienso huir –apartó el desayuno a medio comer y apoyó los codos en la mesa–. Después de la llamada de esta mañana, estuve a punto de hacerlo. Lo pensé... y luego me di cuenta de que no iba a parar hasta que descubra quién es. Quiero recuperar mi vida, y no sucederá hasta que sepamos quién es y por qué va detrás de mí.

–Es mi trabajo localizarlo.

–Lo sé. Por eso he decidido cooperar.

–¿Sí? –dejó la taza en la mesa.

–Sí. A partir de ahora, mi vida será un libro abierto. Tú pregunta, que yo responderé.

–¿Y harás exactamente lo que se te diga?

–No –sonrió–. Pero lo haré si me parece razonable –los sorprendió a ambos tocándole la mano–. Pareces cansado. ¿Mala noche?

–Las he tenido mejores –entrelazó los dedos con los de ella antes de que pudiera retirarlos–. Se te ve muy bien esta mañana, Cilla.

Otra vez volvió a sentir el hormigueo que comenzaba en el pecho y bajaba hasta el estómago.

–Hace un rato dijiste que estaba horrible.

–He cambiado de parecer. Y ahora quiero hablar sobre lo sucedido anoche. Acerca de ti y de mí.

–No es una buena idea.

–No, no lo es –no le soltó la mano–. Soy un poli y tú eres mi caso. Eso no podemos eludirlo –ella soltó un suspiro aliviado antes de que Boyd continuara–. No más que el hecho de que te deseo tanto que me duele.

Se quedó muy quieta, y creyó oír el sonido de sus latidos martilleándole la cabeza. Muy despacio, movió los ojos para mirarlo. Pensó que los de él ya no estaban tan serenos. Había fuego en ellos, apenas contenido. Era excitante, aterradoramente excitante.

–Una sincronización horrible –prosiguió cuando Cilla guardó silencio–. Pero supongo que no siempre se puede elegir el momento y el lugar adecuados. Voy a hacer mi trabajo, pero me parece que tienes que saber que me cuesta ser objetivo. Si quieres que te asignen a otro detective, será mejor que lo digas ahora.

–No –respondió muy rápidamente y se obligó a frenar–. No creo que me apetezca tener a un nuevo poli –«haz que sea ligero», se advirtió–. No me seduce nada la idea de tener a uno, pero ya casi me he acostumbrado a ti –descubrió que se mordía la uña del dedo pulgar y con celeridad bajó la mano al regazo–. En cuanto a lo demás, no somos niños. Podremos... manejarlo.

Él sabía que no debería esperar que Cilla reconociera que el deseo no era unilateral. Decidió que esperaría más tiempo. Cuando se levantó, ella lo imitó con tanta rapidez que le provocó una carcajada.

–Voy a fregar los platos, O'Roarke, no a saltar sobre ti.

–Yo lo haré –tuvo ganas de darse una patada–. Uno cocina, el otro friega. Son reglas O'Roarke.

–Perfecto. Tienes una promoción al mediodía, ¿verdad?

–¿Cómo lo sabías?

–Comprobé tu agenda. Deja suficiente tiempo para que pase por mi casa para ducharme y cambiarme de ropa.

–Voy a estar en un centro comercial con docenas de personas –comenzó–. No creo...

–Yo sí –afirmó y la dejó sola.

Boyd se hallaba en el sofá, con el periódico y una última taza de café, cuando Cilla bajó. Alzó la vista y el comentario que iba a hacer sobre la rapidez con la que se cambiaba murió antes de llegar a su lengua. Dio las gracias de estar sentado.

Iba de rojo. De un rojo intenso, capaz de detener el tráfico. La falda corta de piel se ceñía en las caderas y se detenía en mitad de los muslos. Los vaqueros que solía ponerse no le habían dado una medida exacta de lo largas y bonitas que eran sus piernas. La chaqueta a juego se cruzaba con unos cierres a la cintura. Hizo que se preguntara qué llevaría puesto debajo.

Se había hecho algo en el pelo. Seguía revuelto, pero con más arte y seducción. Y al ponerse al fin de pie notó que también se había retocado el rostro, lo suficiente para recalcar los pómulos, resaltar los ojos y humedecerse los labios.

–Qué estupidez –musitó Cilla mientras luchaba con un pendiente–. No sé por qué colgarse algo de las orejas se supone que es atractivo –suspiró y bajó la vista a las pequeñas columnas de oro que tenía en la mano–. O son defectuosos o lo soy yo.

¿Cómo se te dan estas cosas? –se acercó con la mano extendida.

–¿Qué cosas? –su fragancia lo mareaba.

–Poner pendientes. Los uso de vez en cuando, de modo que jamás he adquirido práctica con ellos. Ayúdame, ¿quieres?

–¿Deseas que te los ponga? –estaba concentrado en respirar despacio.

–Eres perspicaz –puso los ojos en blanco, le dio los pendientes y se echó el pelo hacia atrás–. Introduce la varita fina en el orificio del lóbulo y luego cierra el broche. Esa es la parte que me cuesta.

Él musitó algo, luego se inclinó. Sentía una presión en el pecho que iba en aumento. Sabía que jamás se quitaría esa fragancia de la mente. Se esforzó en unir las piezas con las yemas de los dedos.

–Es un sistema estúpido.

–Sí –Cilla apenas podía hablar. En cuanto la tocó supo que había cometido un gran error. La invadieron descargas de sensaciones e imágenes. Lo único que podía hacer era quedarse quieta y rezar para que se diera prisa en terminar.

El dorso del dedo pulgar de Boyd le rozaba la mandíbula. Las yemas de sus dedos le tocaban la zona sensible que tenía detrás de la oreja. El aliento de él era cálido contra su piel... hasta que tuvo que contener un gemido. Alzó una mano insegura.

–Escucha, ¿por qué no lo olvidamos?

–Ya lo tengo –soltó el aire y retrocedió un centímetro. Estaba destrozado. Pero parte de la tensión se mitigó cuando la miró y descubrió que también ella distaba mucho de hallarse impasible. Logró sonreír y movió los pendientes con un dedo–. Hemos de volver a intentarlo... cuando tengamos más tiempo.

Como ninguna respuesta que se le ocurría parecía segura, guardó silencio. Recogió el abrigo y la chaqueta de él del armario. Esperó mientras Boyd se acomodaba la pistolera. Observar cómo repasaba rápidamente su arma le provocó recuerdos que quería evitar, de modo que apartó la vista. Soltó su chaqueta, abrió la puerta, salió al sol y dejó que la siguiera cuando estuviera listo.

No hizo ningún comentario cuando se reunió con ella.

–¿Te importa si sintonizo la emisora? –inquirió Cilla cuando subieron al coche de él.

–Está memorizada. El número tres.

Complacida, la puso. Los locutores de la mañana charlaban y recalcaban las bromas con efectos de sonido. Anunciaron que regalarían unas entradas para un concierto inminente e invitaron a los oyentes a ir al centro comercial para ver a Cilla O'Roarke en persona.

–Regalará discos, camisetas y entradas para el concierto –anunció Frenético Fred.

–Vamos, Fred –interrumpió su compañero–. Sabes que a los chicos no les interesan las camisetas. Quieren... –emitió unos sonidos jadeantes–... ver a Cilla –hubo un coro de silbidos, gruñidos y gemidos.

–Estupendo –musitó Boyd, pero Cilla rio entre dientes.

–Se supone que han de ser desagradables –señaló–. A la gente le gusta el absurdo por la mañana, cuando sale a rastras de la cama o lucha por avanzar entre el tráfico. Los últimos índices de audiencia indicaron que tenían el veinticuatro por ciento del público. Vamos, detective, es solo una actuación.

Él se contuvo antes de poder volver a hablar. Estaba quedando como un tonto. Su propia investigación había verificado que los dos locutores de la franja horaria de la mañana eran hombres casados con unos bonitos hogares en zonas residenciales. Los dos llevaban en la KHIP casi tres años, y no había encontrado ninguna referencia cruzada entre sus pasados y el de Cilla.

Esta se relajó cuando comenzó la música y miró por la ventanilla. El día prometía ser soleado y cálido. Quizá fuera el primer indicio de la primavera. Su primera primavera en Colorado. Esa estación era su debilidad, ya que le gustaba observar cómo crecían las hojas y las flores se abrían.

Sin embargo, en primavera siempre pensaría en Georgia. Las magnolias y las camelias, esos aromas embriagadores.

Recordaba una primavera en que debía de tener cinco o seis años. Plantando peonías con su padre una calurosa mañana de sábado, mientras la radio anunciaba la lista de cuarenta éxitos de la semana. Oyendo los pájaros sin escucharlos, sintiendo la tierra húmeda bajo las manos. Su padre le había contado que florecerían una primavera tras otra y que podría verlas desde su ventana.

Se preguntó si aún seguirían allí... si quienquiera que viviera en aquella casa las cuidaba.

–¿Cilla?

–¿Qué? –soltó con brusquedad

–¿Te encuentras bien?

–Claro, estoy bien –se concentró en su entorno. Había árboles grandes que darían sombra en verano, setos bien cuidados que protegían la intimidad de las personas. Una leve cuesta conducía a una casa de dos plantas de piedra y madera. Docenas de ventanas altas y estrechas refulgían bajo el sol–. ¿Dónde estamos?

–En mi casa. He de cambiarme, ¿recuerdas?

–¿Tu casa? –repitió.

–Exacto. Todo el mundo ha de vivir en alguna parte.

«Cierto», pensó ella al abrir la puerta del coche. Pero ninguno de los polis a los que había conocido había vivido tan bien. Un vistazo alrededor le mostró que el vecindario era antiguo y rico. Un vecindario de club de campo.

Desconcertada, lo siguió por un sendero de piedra hasta una puerta con arco enmarcada entre cristales tallados.

En el interior, el vestíbulo era amplio, los suelos de una reluciente tonalidad cereza, los techos abovedados. En las paredes había cuadros de importantes artistas del siglo veinte. Una escalera ancha se curvaba hacia la primera planta.

–Vaya, y yo que pensaba que eras un poli honesto –comentó.

–Lo soy –le quitó el abrigo de los hombros y lo dejó sobre la barandilla de la escalera.

No tenía ninguna duda de su honestidad, pero la casa y todo lo que representaba la ponía nerviosa.

–Imagino que has heredado todo esto de un tío rico.

–De mi abuela –la tomó del brazo y la condujo hacia un arco enorme. El salón estaba dominado por una chimenea de piedra coronada por una repisa tallada. Pero la decoración era ligera, con un trío de ventanas en cada pared exterior.

Había algunas antigüedades y piezas de escultura moderna. Pudo ver lo que consideró el comedor a través de otro arco.

–Vaya abuela.

–Era un personaje. Dirigió Industrias Fletcher hasta los setenta años.

–¿Y qué son Industrias Fletcher?

–El negocio familiar –se encogió de hombros–. Inmobiliaria, ganado, minería.

–Minería –suspiró–. ¿Como oro?

–Entre otras cosas.

Juntó los dedos para no comerse las uñas.

–Entonces, ¿por qué no estás contando tu oro en vez de ser un poli?

–Me gusta ser poli –le tomó una mano nerviosa entre la suya–. ¿Está mal?

–No. Será mejor que te cambies. He de llegar pronto.

–No tardaré.

Esperó hasta que se marchó para dejarse caer en uno de los sofás gemelos. «Industrias Fletcher», pensó. Sonaba importante. Incluso distinguido. Después de sacar un cigarrillo del bolso, volvió a estudiar el salón.

Elegante, con gusto, de una riqueza sencilla. Y completamente fuera de su vida.

Ya había sido bastante difícil cuando había creído que se hallaban en términos de igualdad. No le gustaba reconocerlo, pero en el fondo de su mente había vibrado el pensamiento de que quizá, solo quizá, podría existir una relación entre ellos. No, una amistad. Jamás podría implicarse en serio con un hombre que trabajara para la ley.

Pero ya no era un poli. Había pasado a ser un

poli rico. Lo más probable era que su nombre figurara en algún registro social. La gente que vivía en casas como aquella por lo general tenía números romanos detrás de su nombre.

Boyd Fletcher III.

Ella era simplemente Priscilla Alice O'Roarke, de un pueblo perdido de Georgia que ni siquiera era un punto en el mapa. Cierto que se había labrado un nombre por sí misma. Pero jamás se terminaba de abandonar las raíces.

Se puso de pie y fue a la chimenea a tirar el cigarrillo.

Deseó que Boyd se diera prisa. Quería salir de aquella casa, regresar al trabajo. Quería olvidar el caos en el que de repente se hallaba sumida su vida.

Tenía que pensar en sí misma. Hacia dónde se dirigía. Cómo iba a sobrellevar los días largos y las noches aún más largas hasta que su vida volviera a la normalidad. No tenía tiempo, no podía permitirse el lujo de explorar sus sentimientos hacia Boyd. Fuera lo que fuere lo que había sentido, o creído sentir, era mejor no tocarlo.

Nunca había habido dos personas más diferentes. Quizá él había agitado algo en su interior, tocado algo que ella había considerado que nunca más podría tocarse. No significaba nada. Solo demostraba que se hallaba viva, que todavía funcionaba como ser humano. Como mujer.

Empezaría y terminaría allí.

En cuanto atrapara a quienquiera que la estuviera amenazando, seguirían sus respectivos caminos, volverían a sus respectivas vidas. La proximidad que pudieran tener en ese momento había nacido de la necesidad. Cuando esta pasara, se separarían y olvidarían. «Nada dura para siempre», se recordó.

Al bajar la vio junto a la ventana. Su pelo y su cara tenían luz. Jamás la había imaginado en su casa, pero, de algún modo, al mirarla supo que la había querido allí.

Lo dejó aturdido, anhelando ver lo bien que encajaba en su hogar. En su vida. En sus sueños.

Supo que ella lo negaría, que se opondría y huiría como perseguida por mil demonios si le daba la oportunidad. Sonrió al ir a su lado. No pensaba dársela.

–Cilla.

Sobresaltada, giró en redondo.

–Oh, no te he oído. Estaba...

Las palabras quedaron ahogadas por un jadeo cuando él la pegó a su cuerpo y aprisionó su boca.

«Terremotos, inundaciones, huracanes», pensó ella. ¿Cómo iba a saber que un beso podía agruparse con esos desastres naturales? No quería eso. Lo quería más que respirar. Tenía que apartarlo. Pero lo atrajo más. Estaba mal, era una locura. Estaba bien, era una locura hermosa.

Al pegarse a él, cuando su boca respondió a cada exigencia febril, supo que todo aquello de lo que había intentado convencerse momentos atrás era una mentira. ¿Qué necesidad había de explorar sus sentimientos cuando todos nadaban en la superficie?

Lo necesitaba. Sin importar lo mucho que eso pudiera aterrarla, el conocimiento y la aceptación fluyeron a través de ella como vino. Daba la impresión de que había esperado una vida entera para necesitar de esa manera. Para sentir de esa manera.

Temblorosa y fuerte, con la vista borrosa y clara, relajada y tensa como un alambre.

Las manos de Boyd susurraron sobre el cuero mientras la moldeaban contra su cuerpo. ¿Es que Cilla no veía la perfección con la que encajaban? Quería oír cómo se lo decía, oírla gemir que lo deseaba con tanta desesperación como él la anhelaba.

Ella gimió al echar la cabeza atrás para dejar que los labios de Boyd le recorrieran el cuello. El martilleo de sus latidos encendió el perfume que se había aplicado allí. Él gimió cuando le abotargó los sentidos, impulsándolo a abrirle la chaqueta. Debajo solo encontró a Cilla.

Se arqueó hacia atrás y contuvo el aliento cuando él le capturó los pechos. Ante su contacto dieron la impresión de llenarse con un líquido caliente y pesado. Cuando las rodillas le cedieron, se aferró a sus hombros y tembló en el instante en que los dedos pulgares de Boyd convirtieron sus pezones en unas cumbres duras y palpitantes.

Ajena a todo, se lanzó al beso profundo e íntimo que hizo que los dos se tambalearan. Cilla tiró de su chaqueta, desesperada por tocarlo tal como él la tocaba. La mano se deslizó por el cuero de la pistolera y encontró su arma.

Fue como una bofetada, como un cubo de agua helada. Como si la quemara, apartó la mano y retrocedió. Insegura, apoyó la palma de la mano sobre una mesa y movió la cabeza.

–Esto es un error –pronunció las palabras despacio, como ebria–. No quiero involucrarme.

–Demasiado tarde –Boyd sintió como si hubiera chocado a máxima velocidad contra una pared.

–No –con lentitud deliberada, volvió a cerrarse

la chaqueta–. No lo es. Tengo muchas cosas en la cabeza. Y tú también.

Él luchó por mostrar la paciencia que siempre había formado parte de su naturaleza. Por primera vez en días anheló un cigarrillo.

–¿Y?

–Y nada. Creo que deberíamos irnos.

Él no se movió, ni para alejarse ni para acercarse; solo alzó una mano.

–Antes de irnos, ¿vas a decirme que no sientes nada?

–Sería una estupidez fingir que no me siento atraída por ti –se obligó a mirarlo–. Ya sabes que me afectas.

–Esta noche quiero traerte de vuelta aquí.

–No puedo –negó con la cabeza. No podía permitirse ni siquiera por un instante imaginar lo que sería estar con él–. Hay motivos para ello.

–Ya me has dicho que no hay nadie más –en ese momento avanzó hacia ella, pero no la tocó–. Y si lo hubiera, me importaría un bledo.

–No tiene nada que ver con otros hombres. Sino conmigo.

–Exacto. ¿Por qué no me cuentas qué te da miedo?

–Tengo miedo de contestar al teléfono –era verdad, pero no lo principal–. Tengo miedo de irme a dormir y de despertar.

Boyd apoyó la yema de un dedo en su mejilla.

–Sé por lo que estás pasando, y créeme, haría cualquier cosa para que desapareciera. Pero los dos sabemos que esa no es la causa por la que me eludes.

–Tengo otras.

–Dame una.

–Eres un poli –soltó irritada, yendo a recoger el bolso.

–¿Y?

–También lo era mi madre –alzó el mentón. Antes de que él pudiera decir algo, regresó al recibidor a recoger el abrigo.

–Cilla...

–Apártate de mí, Boyd. Hablo en serio –se puso el abrigo–. No puedo permitirme el lujo de agitarme de esta manera justo antes de una presentación. Por el amor de Dios, mi vida ya está bastante enredada sin esto. Si no puedes olvidarlo, llamaré a tu capitán y le diré que quiero que me asigne a otro detective. Ahora puedes llevarme al centro comercial o puedo tomar un taxi.

«Un empujón más y caerá por el precipicio», reflexionó él. No era el momento.

–Te llevaré. Y me retiraré. Por ahora.

6

Cilla decidió que era un hombre de palabra. El resto de aquel día y el siguiente, no hablaron de nada que no estuviera relacionado directamente con el caso.

No se mostró distante, ni mucho menos. Se quedó a su lado durante la presentación en el centro comercial, estudiando con sutileza a las personas que se acercaron a hablar con ella o a pedirle un autógrafo.

A ella incluso le dio la impresión de que disfrutaba. Miró entre los discos y compró en las secciones de música clásica, pop y jazz, charló con el ingeniero de sonido sobre béisbol y en ningún momento permitió que le faltara un refresco.

Pero no habló con ella tal como Cilla se había acostumbrado a hacerlo. Mantuvieron conversaciones, correctas e impersonales. Y ni una sola vez, ni siquiera por casualidad, la tocó. En resumidas cuentas, la trató tal como ella había creído que quería ser tratada. Como un caso, y nada más.

Nunca antes en su vida había pasado una tarde más triste.

Fue Althea quien permaneció con ella en la cabina los siguientes dos días y quien supervisó las llamadas. No habría sabido decir por qué el silencio y la ausencia de Boyd le dificultaron concentrarse.

Mientras trabajaba, llegó a la conclusión de que lo más probable era que se tratara de una estrategia nueva. La soslayaba para que se viniera abajo y realizara el primer movimiento. Pues no pensaba hacerlo. Emitió el último éxito de Bob Seger y se puso a rumiar.

Ella había querido que su relación fuera estrictamente profesional y él la complacía. Pero no tendría que hacer que pareciera tan condenadamente fácil.

Sin duda lo que había pasado entre ellos, o lo que había estado a punto de pasar, no había significado gran cosa para Boyd. Era lo mejor. Lo superaría. Lo último que necesitaba en su vida era a un poli con sonrisa perezosa procedente de una familia rica.

Rezó a Dios para poder estar cinco minutos sin pensar en él.

Mientras Cilla trabajaba, Althea hacía crucigramas. Nunca le había costado permanecer horas en silencio siempre que pudiera ejercitar la mente. Reflexionó que a Cilla O'Roarke le sucedía lo contrario. La mujer no había dominado el delicado arte de la relajación. Mientras llenaba las casillas con su caligrafía precisa, pensó que Boyd era el hombre ideal para enseñarla a conseguirlo.

En ese momento, la veía a punto de estallar de

ganas de hablar. No se le había pasado por alto la decepción que mostró el rostro de Cilla al ver que no era Boyd quien aparecía en la emisora.

«Se muere por preguntarme dónde está y qué hace», dedujo. «Pero no quiere que piense que le importa».

Le resultó imposible no sonreír para sus adentros. Últimamente su compañero se había mantenido muy callado. Althea sabía que había realizado una inspección más detallada del pasado de Cilla y que había encontrado respuestas que lo perturbaban personalmente. Fuera lo que fuere lo que hubiera descubierto, no tenía nada que ver con el caso, de lo contrario sabía que lo habría compartido con ella.

Pero, sin importar lo amigos que fueran, respetaban escrupulosamente la intimidad del otro. Ella no le hacía preguntas personales. Cuando tuviera ganas de compartirlo, allí estaría para escucharlo. Igual que haría Boyd con ella.

Pensó que era una pena que, al surgir la tensión sexual, los hombres y las mujeres perdieran su cordial camaradería.

De pronto Cilla se apartó de la consola.

–Voy a buscar algo de café. ¿Quiere un poco?

–¿No suele traérselo Nick?

–Tiene la noche libre.

–¿Por qué no voy yo?

–No –la inquietud vibró en ella–. Dispongo de casi siete minutos antes de que se acabe la cinta. Quiero estirar las piernas.

–De acuerdo.

Cilla se dirigió a la sala de estar. Notó que Billy ya había estado allí. El suelo resplandecía y las tazas de café estaban lavadas y guardadas. En la atmósfera flotaba el aroma a pino que solía emplear.

Sirvió dos tazas y antes de marcharse se guardó unas galletas en el bolsillo.

Con una taza en cada mano, dio la vuelta. En el umbral vio la sombra de un hombre. Y el brillo acerado de un cuchillo. Lanzó un grito y las tazas volaron por el aire. La porcelana se hizo añicos.

–¿Señorita O'Roarke? –Billy dio un paso vacilante hacia la luz.

–Oh, Dios –se llevó una mano al pecho como para obligarse a soltar el aire atrapado allí–. Billy. Pensé que te habías ido.

–Yo... –chocó contra la puerta cuando Althea llegó a la carrera con el arma desenfundada. En reacción automática, él levantó las manos–. No dispare. No he hecho nada.

–Es culpa mía –se apresuró a explicar Cilla. Se adelantó para apoyar una mano tranquilizadora en el brazo de Billy–. Desconocía que hubiera alguien y me volví... –se tapó la cara con las manos–. Lo siento –logró balbucir, bajándolas–. Me excedí. No sabía que Billy siguiera en la emisora.

–El señor Harrison tuvo un almuerzo en su despacho –explicó él, mirándolas a las dos–. Iba a limpiarlo –tragó saliva de forma audible–. Quedaron muchos... muchos cuchillos y tenedores.

Cilla contempló los cubiertos que sostenía en las manos y se sintió como una tonta.

–Lo siento, Billy. He debido darte un susto de muerte. Y te he ensuciado el suelo.

–No pasa nada –le sonrió, relajándose cuando Althea guardó el arma–. Lo limpiaré ahora mismo.

Que tenga un buen programa, señorita O'Roarke –señaló los auriculares que se había puesto al cuello–. ¿Va a poner música de los cincuenta? Sabe que es la que más me gusta.

–Claro –luchó contra la náusea y se obligó a sonreír–. Elegiré algo para ti.

–¿Mencionará mi nombre en antena? –la miró ilusionado.

–Puedes apostarlo. He de volver.

Regresó a la cabina, agradecida de que Althea le brindara unos momentos para estar sola. Las cosas empezaban a estar muy mal cuando se sobresaltaba ante un hombre de mediana edad que sostenía cubiertos de cocina.

Se dijo que el mejor modo de sobrellevarlo era trabajando. Con movimientos precisos, comenzó a prepararse para la que llamaba la «hora energética», entre las once y la medianoche.

Cuando Althea regresó con café, Cilla invitaba a sus oyentes a permanecer sintonizados para más música.

–En seguida tendremos diez éxitos sin interrupción. Este es para mi amigo Billy. Nos remontamos hasta 1958. No es Dennis Quaid, sino el verdadero, el original, el fantástico Jerry Lee Lewis con *Great Balls of Fire* –después de quitarse los auriculares, le sonrió débilmente a Althea–. Lo siento de verdad.

–En su lugar probablemente yo habría dado un salto hasta el techo –le ofreció una taza–. Han sido unas semanas espantosas, ¿eh?

–Las peores.

–Vamos a capturarlo, Cilla.

–Cuento con eso –eligió otro disco y se tomó su

tiempo para ponerlo–. ¿Qué la impulsó a hacerse poli?

–Imagino que quería ser buena en algo. Aquí lo era.

–¿Tiene marido?

–No –Althea no sabía adónde quería ir a parar con las preguntas–. A muchos hombres los molesta ver a una mujer con pistola –titubeó, luego decidió lanzarse–. Quizá le haya dado la impresión de que hay algo entre Boyd y yo.

–Cuesta no pensarlo –alzó la mano para pedirle silencio, después abrió el micro para la siguiente canción–. Los dos parecen hacer buena pareja.

–Verá, no la habría considerado la clase de mujer que caería en el tópico sexista de pensar que si un hombre y una mujer trabajan juntos, deben jugar juntos –bebió un sorbo de café.

–Y no lo soy –indignada, solo le faltó levantarse de la silla. Al ver la sonrisa de Althea, se rindió–. Lo fui –reconoció. Luego también ella sonrió–. Más o menos. Imagino que tendrá que oír eso bastante a menudo.

–No más que usted, supongo –señaló con ambas manos la cabina–. Una mujer atractiva en lo que algunos consideran un trabajo de hombre.

Incluso ese leve punto en común la ayudó a relajarse.

–Había un pinchadiscos en Richmond que suponía que me moría por... girar en su tocadiscos.

–¿Y cómo lo manejó?

–Durante mi programa anuncié que estaba loco por tener citas, y que cualquier interesada debería llamar a la emisora durante su programa –sonrió al recordarlo–. Eso lo enfrió –se volvió haca el micro para anunciar la hora y la introducción del siguiente disco; luego se quitó otra vez los auriculares–. Imagino que a Boyd no se lo desanimaría con tanta facilidad.

–Ni lo sueñe. Es obstinado. A él le gusta llamarlo paciencia, pero es simple terquedad. Puede ser como un bulldog.

–Lo he notado.

–Es un buen hombre, Cilla, uno de los mejores. Si realmente no le interesa, debería dejárselo claro. Es obstinado, pero no desagradable.

–No quiero estar interesada –murmuró–. Hay una diferencia.

–Como la noche y el día. Escuche, si la pregunta es demasiado personal, dígame que cierre la boca.

–No me lo tendrá que repetir –sonrió.

–De acuerdo. ¿Por qué no quiere estar interesada?

Cilla eligió un disco compacto, luego dos sencillos.

–Es un poli.

–¿De modo que si fuera un vendedor de seguros querría estar interesada?

–Sí. No –soltó el aire. A veces era mejor ser sincera–. Sería más fácil. Luego está el hecho de que arruiné la única relación seria que tuve.

–¿Usted sola?

–Principalmente –puso el corte del disco compacto–. Estoy más cómoda concentrándome en mi vida, y en la de Deborah. En mi trabajo y en su futuro.

–No es la clase de persona que se sentiría feliz mucho tiempo en la comodidad.

–Tal vez no –miró el teléfono–. Pero en este momento me conformaría con eso.

«De modo que está asustada», pensó Althea

mientras la miraba trabajar. «¿Y quién no?» Tenía que ser aterrador que un hombre sin cara ni nombre te acosara y amenazara. Sin embargo, lo sobrellevaba mejor que a Boyd y que los sentimientos que él le inspiraba.

Y tenía muchos. El problema era que al parecer no sabía qué hacer con ellos.

Althea guardó silencio cuando empezaron a entrar las llamadas. Cilla le tenía miedo al teléfono, temía lo que podía haber del otro lado. Pero contestó una llamada detrás de la otra, fluyendo con un estilo natural. Si Althea no hubiera estado en el estudio viendo cómo la tensión contraía el rostro de Cilla, jamás lo habría imaginado.

Le ofreció música y algo de su tiempo a los oyentes. Si su mano era insegura, su dedo no titubeó en apretar la tecla iluminada.

Boyd había entrado en su vida para protegerla, no amenazarla. No obstante, le inspiraba miedo. La detective suspiró y se preguntó por qué la vida de una mujer podía volverse del revés con la presencia de un hombre.

Si alguna vez se enamoraba, lo cual hasta el momento había tenido el buen juicio de evitar, encontraría el modo de ser quien estuviera al mando.

El tono de voz de Cilla la devolvió de inmediato a su misión. Al reconocer el temor, se levantó para darle un masaje en sus hombros rígidos.

–Haga que hable –susurró–. Todo lo que pueda.

Cilla bloqueó lo que oía. Había descubierto que la ayudaba a mantener la cordura soslayar las feroces amenazas, las promesas terribles. Mantuvo la vista clavada en el reloj que indicaba el tiempo transcurrido, sombríamente satisfecha de ver que había pasado un minuto y que aún seguía en línea.

Lo interrogó, obligándose a mantener la voz serena. Sabía que lo que más le gustaba al otro era que perdiera el control. La amenazaría hasta que comenzara a suplicar, entonces colgaría, satisfecho de haber vuelto a quebrarla.

Esa noche luchó por no oír y solo observar el paso de los segundos.

–No te he hecho daño –dijo ella–. Sabes que no te he hecho nada.

–Se lo has hecho a él –siseó–. Ha muerto, y todo por tu culpa.

–¿A quién? Si me dijeras su nombre, yo...

–Quiero que recuerdes. Quiero que pronuncies su nombre antes de que te mate.

Cilla cerró los ojos e intentó llenar la cabeza con sonido mientras el otro le describía exactamente lo que iba a hacerle.

–Debió de ser muy importante para ti. Debiste quererlo mucho.

–Lo era todo para mí. Todo lo que tenía. Era tan joven. Tenía la vida por delante. Pero tú le hiciste daño. Lo traicionaste. Ojo por ojo. Tu vida por la suya. Pronto. Muy pronto.

Cuando colgó, se volvió con rapidez para poner el siguiente disco. Sin prestar atención a las otras luces que parpadeaban, sacó un cigarrillo.

–Lo han localizado –Althea colgó y se acercó para apoyar una mano en el hombro de ella–. Lo han rastreado. Esta noche ha hecho un gran trabajo, Cilla.

–Sí –cerró los ojos. Solo le quedaba sobrellevar la siguiente hora y diez minutos–. ¿Lo capturarán?

–Lo averiguaremos pronto. Esta es la primera pista que conseguimos. Aguante.

Quería sentirse aliviada. Se reclinó en el asiento mientras Althea la llevaba a casa y se preguntaba por qué no podía aceptar ese paso como un avance. Habían rastreado la llamada. ¿No significaba eso que averiguarían dónde vivía quien la amenazaba? Tendrían un nombre al que le añadirían un rostro, una persona.

Iría a verlo. Se obligaría a hacerlo. Miraría ese rostro, sus ojos, e intentaría encontrar un vínculo entre ese hombre y lo que fuera que le hubiera hecho en el pasado para incitarlo a esa clase de odio.

Luego intentaría vivir con ello.

Vio el coche de Boyd aparcado frente a su casa. Él se hallaba de pie en la acera con la chaqueta desabrochada. Aunque el calendario afirmaba que estaban en primavera, la noche era lo bastante fría como para que el aliento se condensara.

Cilla agarró con fuerza el picaporte de la puerta y abrió. Boyd no se movió mientras ella se acercaba.

–Vayamos dentro –dijo él.

–Quiero saberlo –en ese momento vio sus ojos y lo entendió–. No lo habéis capturado.

–No –miró a su compañera. Althea notó que tenía bajo un firme control la frustración que lo dominaba.

–¿Qué ha sucedido?

–Era una cabina telefónica a unos kilómetros de la emisora. No hay huellas.

–De modo que no estamos más cerca –comentó Cilla tratando de mantener la ecuanimidad.

–Sí lo estamos –le tomó la mano para darle calor–. Ha cometido su primer error. Cometerá otro.

Cansada, miró por encima del hombro. ¿Sus nervios estaban a flor de piel o ese hombre estaría entre las sombras, lo bastante cerca para ver y escuchar?

–Deja que te lleve dentro. Tienes frío.

–Estoy bien –no podía dejar que entrara con ella. Necesitaba desahogarse y para ello debía estar sola–. Esta noche no quiero hablar de nada. Solo quiero irme a la cama. Althea, gracias por traerme, y por todo lo demás –se dirigió con rapidez a la puerta y entró en la casa.

–Solo necesita asimilarlo –indicó Althea, apoyando una mano sobre el brazo de Boyd.

Él tuvo ganas de maldecir, de romper algo. Clavó la vista en la puerta cerrada.

–No quiere dejar que la ayude.

–No –vio que la luz se encendía en la planta de arriba–. ¿Quieres que llame a un patrullero para que vigile la casa?

–No, me quedaré por aquí.

–Estás fuera de servicio, Fletcher.

–Exacto. Podemos considerarlo como algo personal.

–¿Quieres compañía?

–No. Necesitas dormir un poco.

Althea titubeó, luego suspiró.

–Tú te encargarás del primer turno. De todos modos, duermo mejor en un coche que en una cama.

En el jardín había una ligera escarcha que brillaba como cristal. Cilla la estudió a través de la ventana del dormitorio. En Georgia las azaleas estarían floreciendo. Hacía años que no añoraba su hogar. En aquella fría mañana de Colorado se preguntó si había cometido un error al atravesar la mitad del país para dejar atrás todos aquellos lugares, todos aquellos recuerdos.

Soltó la cortina y retrocedió. Tenía otras cosas en la cabeza para reparar en una escarcha de abril. También había visto el coche de Boyd aparcado en la calle.

Mientras pensaba en él, se tomó más tiempo y cuidado de los habituales en vestirse. En ningún momento había cambiado de parecer sobre su decisión de no mantener una relación con él. Pero al parecer se trataba de un error que ya había cometido. La habilidad de enfrentarse a sus errores era algo que había aprendido hacía mucho.

Se alisó el jersey de cachemir de color ciruela. Había sido un regalo de navidad de Deborah, y tenía mucho más estilo, con su cuello alto y sus mangas generosas, que la mayoría de la ropa que elegía para sí misma. Lo llevaba sobre unos ceñidos pantalones elásticos de color negro y, siguiendo un impulso, se puso unos pendientes de plata con forma de estrella.

Él estaba sentado cómodamente en el sofá con el periódico abierto y una taza humeante de café en la mano. Tenía la camisa desabrochada hasta la mitad del pecho y arrugada por haberla llevado puesta toda la noche. La chaqueta estaba apoyada en el respaldo del sofá, pero no se había quitado la pistolera.

Jamás había conocido a alguien que pudiera fundirse con tanta facilidad con su entorno. En ese momento daba la impresión de que pasaba cada mañana de su vida donde estaba, hojeando con indolencia la sección de deportes mientras bebía una segunda taza de café.

Boyd alzó la vista. Aunque no sonrió, su absoluta relajación era contagiosa.

–Buenos días –dijo.

–Buenos días –incómoda, se acercó a él. No sabía si empezar con una disculpa o una explicación.

–Deborah me dejó pasar.

Cilla asintió y de inmediato deseó haberse puesto unos pantalones con bolsillos. No había nada que pudiera hacer con las manos salvo juntarlas.

–Has estado aquí toda la noche.

–Forma parte del servicio.

–Has dormido en tu coche.

Boyd ladeó la cabeza al oír un tono casi acusatorio.

–No ha sido la primera vez.

–Lo siento –suspiró y se sentó en la mesita de noche frente a él. Sus rodillas se tocaron. A Boyd le resultó un gesto amistoso, uno de los más amables que le había dedicado–. Debería haberte dejado entrar. Debería haber imaginado que te quedarías. Supongo que estaba...

–Inquieta –le pasó la taza de café–. Tenías derecho a sentirte de esa manera, Cilla.

–Sí –bebió un sorbo e hizo una mueca por lo dulce que estaba–. Imagino que me había hecho a la idea de que ibas a capturarlo anoche. Incluso... es extraño, pero incluso me puso nerviosa pensar que al fin iba a verlo, que iba a conocer toda la historia. Pero cuando llegué y me contaste... No pude hablar de ello. No pude.

–Está bien.

–¿Tienes que ser tan agradable conmigo? –rio con una leve tensión.

–Probablemente, no –alargó la mano y le tocó la mejilla–. ¿Te sentirías mejor si te gritara?

–Tal vez –incapaz de resistirse, le tomó la mano–. Se me da mejor pelear que mostrarme razonable.

–Lo he notado. ¿Has pensado alguna vez en tomarte un día libre para relajarte?

–No.

–¿Qué te parece hoy?

–Iba a ponerme al día con el papeleo atrasado. Y he de llamar a un fontanero. Tenemos una filtración bajo el fregadero –dejó que su mano cayera sobre sus rodillas, donde la movió agitada–. Es mi turno de hacer la colada. Esta noche me toca poner discos en una reunión de alumnos en la ciudad. Bill y Jim van a repartirse mi horario.

–Me he enterado.

–Esas reuniones... pueden desbandarse –se sentía más tonta por minutos. Él le había quitado la taza vacía para dejarla a un lado y le tomó ambas manos–. Aunque también pueden ser muy divertidas. Quizá te gustaría asistir... y quedarte por allí.

–¿Me estás pidiendo que vaya... y me quede por allí como en una cita?

–Estaré trabajando –comenzó, pero lo dejó al ver que se complicaba–. Sí. Más o menos.

–De acuerdo. ¿Puedo pasar a recogerte?

–A las siete. He de llegar a tiempo para preparar el equipo.

–A las seis, entonces. Primero podemos cenar algo.

–Yo... –sintió que se hundía cada vez más–. De acuerdo. Boyd, he de decirte una cosa.

–Te escucho.

–Sigo sin querer comprometerme. No en serio.

–Mmm.

–No eres el hombre idóneo para mí.

–Una cosa más en la que no coincidimos –la inmovilizó cuando empezó a levantarse–. No te pongas a caminar, Cilla. Respira hondo.

–Creo que es importante que comprendamos desde el principio hasta dónde podemos llegar y las limitaciones que hay.

–¿Vamos a tener un romance, Cilla, o un acuerdo de negocios? –sonrió. Ella frunció el ceño.

–No deberíamos llamarlo romance.

–¿Por qué no?

–Porque es... porque un romance tiene implicaciones.

Él se contuvo para no volver a sonreír. Sabía que a Cilla no le gustaría ver que lo divertía.

–¿Qué clase de implicaciones? –despacio, sin dejar de mirarla, se llevó la mano de ella a los labios.

–Simplemente... –la boca de él le rozó los nudillos y, cuando sus dedos se quedaron laxos, le dio la vuelta a la mano para besarle la palma.

–¿Simplemente? –instó.

–Implicaciones. Boyd... –tembló al sentir los dientes sobre la muñeca.

–¿Era eso todo lo que querías decirme?

–No. ¿Puedes parar?

–Sí, siempre y cuando me concentrara.

–Bueno, pues concéntrate –descubrió que también ella sonreía–. No puedo pensar.

–Palabras peligrosas –pero dejó de mordisquearla.

–Intento mostrarme seria.

–Y yo –volvió a impedirle ponerse de pie–. Prueba a respirar hondo.

–Sí –lo hizo y luego continuó–. Anoche, mientras estaba acostada a oscuras, tenía miedo. No dejaba de oírlo, de oír esa voz, todo lo que me había dicho. Una y otra vez. Sabía que no podía pensar en ello. Si lo hacía, me volvería loca. De modo que pensé en ti –hizo una pausa, a la espera del coraje para proseguir–. Y eso bloqueaba todo lo demás. Y no tenía miedo.

Él cerró los dedos en torno a los de Cilla. Vio que los labios le temblaron una vez antes de apretarlos. Se dio cuenta de que lo que hacía era esperar para ver qué haría él, qué diría. Era imposible que Cilla tuviera idea de que en ese instante en el tiempo se había caído por el borde del precipicio y enamorado de ella.

Y si se lo contaba, jamás lo creería. A algunas mujeres había que convencerlas, mostrárselo, además de decírselo. Cilla era una de ellas.

Se levantó despacio y la arrastró consigo. La abrazó y apoyó la cabeza de ella en su hombro. La sintió temblar de alivio al mantener el abrazo relajado.

Cilla se preguntó cómo era posible que siempre pareciera saber lo que necesitaba. Solo que la abrazara, sin palabras, sin promesas. Sentir el calor sólido de su cuerpo, la firmeza de sus manos, el palpitar regular de su corazón.

–¿Boyd?

–Sí –le dio un beso en el pelo.

–Quizá no me importe que seas agradable conmigo.

–Lo probaremos.

–Y quizá te he echado de menos.

Fue el turno de él de respirar hondo y serenarse.

–Escucha –subió las manos hasta sus hombros–. He de realizar algunas llamadas. Después, ¿qué te parece si miro esa filtración de agua?

–Eso puedo hacerlo yo –sonrió–. Lo que necesito es que la arreglen.

–Tráeme una llave inglesa –le mordió el labio inferior.

Dos horas más tarde, Cilla tenía la contabilidad del mes desplegada sobre el escritorio de roble en la habitación que usaba como su despacho. En alguna parte de la chequera tenía perdidos dos dólares y cincuenta y tres centavos, cantidad que estaba decidida a encontrar antes de pagar el montón de facturas apiladas a su derecha.

Su sentido del orden era algo que se había enseñado a sí misma, algo a lo que se había aferrado en los años duros, desdichados y tormentosos. Si entre cualquier crisis era capaz de mantener esa pequeña isla de normalidad, se creía capaz de sobrevivir.

–¡Ah! –localizó el error, realizó la corrección y repasó los números. Satisfecha, guardó el extracto del banco y se puso a rellenar cheques, empezando por la hipoteca.

Incluso eso le brindó un enorme sentido de logro. No era un alquiler. Estaba pagando algo suyo. La casa era lo primero que había tenido en propiedad.

Nunca había sido pobre, pero al crecer en una

familia donde el ingreso era la mezcla del salario de un policía y los escasos emolumentos de un defensor público, había aprendido a contar con cuidado el dinero. Había crecido en una casa alquilada y jamás había conocido el lujo de ir en un coche nuevo. La universidad no habría sido imposible, pero debido a la tensión que habría producido en la economía familiar, Cilla había decidido cambiar su educación por un trabajo.

No lo lamentaba a menudo. Solo un poco en ocasiones específicas. Pero su capacidad para pagar los estudios de Deborah hacía que rememorara el momento en que había tomado la decisión. Había sido la correcta.

La casa no solo representaba una adquisición, era una declaración. De familia, del hogar, de raíces. Cada mes, cuando pagaba la hipoteca, agradecía haber recibido la oportunidad de poder hacerlo.

–¿Cilla?

–¿Qué? Oh –vio a Boyd en el umbral. Aún sostenía la llave inglesa que le había dado. Tenía el pelo revuelto y húmedo. Tanto la camisa como los pantalones estaban mojados en algunos sitios. Se había subido las mangas hasta los codos. El agua brillaba en sus antebrazos–. Oh –repitió y contuvo una carcajada.

–Lo he arreglado –entrecerró los ojos al ver cómo a ella le costaba mantener la seriedad–. ¿Hay algún problema?

–No. Nada –carraspeó–. De modo que lo has arreglado.

–Es lo que he dicho.

–Es lo que has dicho –tuvo que morderse el labio. Reconocía un orgullo herido al verlo–. Y como me acabas de ahorrar un dinero, lo menos que puedo hacer es prepararte el almuerzo. ¿Qué te parece un sándwich de mantequilla de cacahuete y mermelada?

–Que es un almuerzo de plástico con una foto de Spiderman.

–Pues he de decirte que es lo único que sé hacer –olvidó las facturas y se levantó–. Eso, o una lata de atún –con gesto titubeante pasó un dedo por la parte frontal de la camisa de él–. ¿Sabías que estás todo mojado?

Alzó una mano sucia, se lo pensó y siguió el impulso de pasársela por la cara.

–Sí.

Cilla rio, sorprendiéndolo. Seduciéndolo. Boyd había oído esa risa por la radio, pero nunca en persona desde que la había conocido. Era baja y rica, y tan excitante como la seda negra.

–Vamos, Fletcher, pondremos esa camisa a lavar mientras te comes un sándwich.

–Dentro de un minuto –mantuvo la mano en su barbilla y la acercó solo con una sutil presión.

Cuando sus bocas se encontraron, ella aún sonreía. En esa ocasión, no se puso rígida, no protestó. Con un suspiro de aceptación, se abrió a él, permitiéndose absorber el sabor de su boca, la tentadora danza de su lengua.

Allí había un calor que ella ya había olvidado anhelar. El calor de estar con alguien que la comprendía. «Y a quien le importas», pensó mientras sentía cómo sus dedos le acariciaban la mejilla. «A pesar de todos mis defectos».

–Supongo que tienes razón –murmuró.

–Desde luego. ¿En qué?

–Es demasiado tarde –le quitó el pelo de la frente.

–Cilla –apoyó otra vez las manos en sus hombros y luchó contra el deseo que lo carcomía–. Sube conmigo. Quiero estar contigo –las palabras encendieron otra vez la pasión. Pudo ver el fuego arder en los ojos de ella antes de que los cerrara y moviera la cabeza.

–Dame algo de tiempo. Para mí no es un juego, Boyd, pero el terreno es poco firme y necesito reflexionar –respiró hondo, abrió los ojos y estuvo a punto de sonreír–. Eres todo aquello por lo que he jurado no caer jamás.

–Cuéntamelo –le tomó las manos.

–Ahora no –pero entrelazó los dedos con los de él, una señal de unión rara en ella–. No estoy preparada para hablar de ello ahora. Me gustaría que pasáramos unas horas aquí como dos personas de verdad. Si suena el teléfono, no voy a contestar. Si alguien llama al timbre, voy a esperar hasta que se vaya. Lo único que quiero es prepararte un sándwich y lavar tu camisa. ¿De acuerdo?

–Claro –le besó la frente–. Es la mejor oferta que me han hecho en años.

7

Había un muro de ruido: la guitarra rítmica, el bajo, el aullido del solo de la guitarra principal. Había luces que daban vueltas, cuerpos que se ondulaban, el clamor de pies. Ella estableció el tono con su voz de medianoche y se echó atrás para disfrutar de los resultados. El salón estaba vivo con el sonido de risas, música, voces. Cilla tenía la mano sobre los controles. No conocía ninguna de las caras, pero era su fiesta.

Boyd bebía un refresco y con cortesía eludió una invitación no muy sutil de una rubia de un metro ochenta de altura enfundada en un vestido ligero de color azul. No consideraba estar allí una prueba a su paciencia. Había dedicado gran parte de su carrera a observar a la gente y nunca se había aburrido.

Era una fiesta estupenda y no le habría molestado salir a bailar. Pero prefería mantener vigilada a Cilla. Había peores maneras de pasar la velada.

Ella presidía la fiesta desde una mesa grande en un extremo del salón, rodeada de sus discos y su equipo de música. Resplandecía. Llevaba una chaqueta plateada de lentejuelas y pantalones negros, el pelo suelto y, cuando giraba la cabeza, las estrellas de plata de sus orejas centelleaban.

Ya había conseguido que docenas de parejas salieran a bailar. Otras se arracimaban al borde de la pista en grupos o junto a las mesas del banquete, charlando y bebiendo.

La música estaba alta y era rápida. Por lo que Boyd podía ver, la clase del 75 se lo estaba pasando en grande. Y al parecer Cilla también.

Bromeaba con algunos ex estudiantes, en su mayor parte varones. Unos cuantos no habían mostrado contención a la hora de beber en el bar. Pero notó que ella manejaba la situación a la perfección.

Sin embargo, no le gustó cuando un hombre con pinta de jugador de rugby le pasó un brazo por los hombros. Pero Cilla movió la cabeza. Fuera lo que fuere lo que le dijera, el tipo se marchó con una sonrisa en la cara.

–Hay más canciones como esta, chicos. Volvamos a la noche del baile de graduación de 1975 –puso *One of These Nights*, de los Eagles, luego buscó entre la multitud a Boyd.

Al divisarlo, sonrió. Incluso con la gente que los separaba, él pudo ver que los ojos de ella brillaban. Se preguntó si conseguiría que lo mirara de esa manera cuando no estuvieran con quinientas personas. Tuvo que sonreír cuando Cilla se llevó la mano al cuello y le indicó que se moría de sed.

«Dios, es magnífico», pensó ella al ver que se dirigía al bar. Le resultaba extraño que un hombre con una chaqueta gris no le pareciera conservador para su gusto. Sin embargo, en Boyd se veía estupenda. «Tanto», comprobó con una sonrisa, «que el componente femenino de la clase del 75 no le quita los ojos de encima. Mala suerte, señoras. Es mío. Al menos esta noche».

Un poco sorprendida por el rumbo de sus pensamientos, regresó al presente y eligió una nota de entre todas las peticiones de música. «Un grupo nostálgico», pensó mientras ponía otro éxito de quince años atrás.

Le gustaba trabajar en fiestas, ver a la gente bailar y coquetear. La pista de baile centelleaba bajo la bola de espejos que colgaba del techo. Cuando la atmósfera lo requiriera, pondría las luces estroboscópicas y les daría algo de psicodelia de los setenta. Mezclada con las fragancias de perfumes y colonias se percibía el aroma de las flores frescas que adornaban cada mesa.

–Esto es para Rick y Sue, aquellos novios del instituto que llevan casados doce años. Y pensar que decían que solo era un amor juvenil. *Rockin' All Over the World.*

–Bonito detalle –comentó Boyd.

–Gracias –giró la cabeza y sonrió.

–El año próximo tengo la reunión de mi curso. ¿Estarás libre? –le pasó un vaso con un refresco frío.

–Tengo que mirar mi agenda.

–¿Por qué no pones un disco para mí?

–Claro. ¿Cuál? –él echó un vistazo entre los discos, seleccionó uno y se lo dio–. Excelente gusto –abrió el micro–. Esta noche tenemos un grupo salvaje. ¿Lo estáis pasando bien? –el rugido de afirmación que recibió recorrió toda la pista–. Estaremos aquí hasta medianoche poniendo música para vosotros. Tenemos una solicitud de Springsteen. *Hungry Heart*.

Más bailarines salieron a la pista. Cilla se volvió para hablar con Boyd y se encontró pegada a él.

–¿Quieres bailar? –murmuró.

Ya lo hacían. Con los cuerpos unidos, la guió en un giro de lentitud erótica.

–Estoy trabajando.

–Descansa cinco minutos –bajó la cabeza para capturar su mentón con los dientes–. Hasta que hagamos el amor, esto es lo mejor que hay.

Iba a objetar. Estaba segura. Pero descubrió que se movía con él, el cuerpo sintonizado al suyo. En silenciosa capitulación, le rodeó el cuello con los brazos. Con los rostros próximos, Boyd sonrió. Despacio, con firmeza, le pasó las manos por las caderas, por los lados de los pechos, y volvió a bajarlas.

Cilla sintió como si hubiera recibido la descarga de un rayo.

–Tienes unos... mmm... movimientos hábiles, detective.

–Gracias –cuando sus labios se hallaban a solo unos milímetros, él pasó al cuello, dejándola hambrienta–. Hueles como el pecado, Cilla. Es una de las cosas que lleva días enloqueciéndome.

Quería que la besara. Lo ansiaba. Gimió cuando le acarició el pelo y le echó la cabeza atrás. Cerró los ojos expectante, pero él solo le rozó la mejilla con esos labios tentadores.

Sin aliento, se aferró a Boyd, tratando de salir de la densa bruma de deseo que la envolvía. Había cientos de personas a su alrededor, todas moviéndose al ritmo erótico de la música. Se recordó que estaba trabajando. Era, y siempre había sido, una mujer sensata.

–Como sigas así, no seré capaz de poner otro disco.

Él sintió el martilleo de su corazón contra el pecho. No bastó para satisfacerlo. Pero sí para darle esperanzas.

–Entonces supongo que tendremos que terminar el baile más tarde.

Cuando la soltó, Cilla se volvió con rapidez y eligió un disco al azar. Los presentes vitorearon al oír la música. Ella se alzó el pelo de la nuca para refrescársela. La presión de los cuerpos o, mejor dicho, la de uno solo, le había subido la temperatura. Jamás había notado lo peligrosa que podía ser la afición de bailar.

–¿Quieres otro refresco? –preguntó Boyd al ver que se bebía el que le había llevado.

–No. Estoy bien –se apoyó en la mesa y alargó la mano hacia la lista de peticiones–. Es un buen grupo –comentó al mirar la sala–. Me agradan estas reuniones. La continuidad que representan. Me gusta ver a toda esta gente que ha compartido la misma experiencia, el mismo bloque de tiempo. 1975 –musitó–. No fue el mejor año para la música con la terrible llegada del estilo disco, pero hubo algunas luces brillantes. Los Doobie Brothers aún seguían juntos. Y también los Eagles.

–¿Siempre mides el tiempo de acuerdo con el *rock and roll*?

–Es un defecto laboral –tuvo que reír–. De cualquier modo, es un buen barómetro –se echó el pelo hacia atrás y le sonrió–. El primer disco que puse como profesional fue el *Emotional Rescue* de los Stones. El año en que Reagan fue elegido presidente por primera vez, el año en que asesinaron a John Lennon... y el año en que el Imperio contraatacó.

–No está mal, O'Roarke.

–Nada mal –lo estudió–. Apuesto que recuerdas qué ponían en la radio la primera vez que convenciste a una chica de ir al asiento trasero de tu coche.

–*Dueling Banjos.*

–Bromeas.

–Tú lo has preguntado.

Cilla reía entre dientes al abrir el papel doblado con una petición. Su risa murió. Por un momento pensó que el corazón se le había parado. Despacio, cerró los ojos. Pero al abrirlos otra vez las palabras seguían allí.

Quiero que grites cuando te mate.

–¿Cilla?

Movió la cabeza y le pasó la nota a Boyd.

«Está aquí», pensó dominada por el pánico mientras oteaba la sala. En alguna parte entre esa multitud de parejas que reían y charlaban, la vigilaba. Y esperaba.

Se había acercado lo bastante para poner ese papel de aspecto inocente sobre la mesa. Lo bastante para mirarla a los ojos, quizá para sonreír. Quizá incluso le hubiera hablado. Y ella no lo había sabido. No lo había reconocido. No había entendido.

–Cilla.

Se sobresaltó cuando Boyd apoyó una mano en su hombro y habría trastabillado si él no la hubiera sujetado.

–Dios. Pensé que esta noche, solo una noche, me dejaría en paz.

–Tómate un descanso.

–No puedo –aturdida, juntó las manos y pasó la vista por la sala–. Tengo que...

–He de hacer una llamada –dijo él–. Quiero tenerte donde pueda verte.

«Es posible que todavía esté aquí», reflexionó Cilla. «¿Tendrá un cuchillo? ¿El mismo de hoja larga que me describió con tanto lujo de detalles? ¿Esperará hasta que la música esté lo bastante alta para atacarme?».

–Vamos.

–Aguarda. Aguarda un minuto –con las uñas clavadas en las palmas de las manos, se inclinó sobre el micro–. Vamos a tomarnos un breve descanso, pero no os enfriéis, volveré en seguida para animaros –con gestos mecánicos apagó el equipo–. No te alejes mucho, ¿quieres? –susurró.

Con un brazo en torno a su cintura, comenzó a conducirla por la multitud. Cuando un hombre se abrió paso entre el gentío y tomó las dos manos de ella, estuvo a punto de gritar.

–Cilla O'Roarke –tenía un rostro afable y mojado por el sudor después de haber bailado. Le sonreía con expresión radiante mientras Cilla permanecía como una estatua y Boyd se tensaba a su lado–. Tom Collins. Soy presidente del comité de la reunión. ¿Lo recuerdas?

–Oh –se obligó a sonreír–. Sí, claro.

–Solo quería decirte lo entusiasmados que estamos por tenerte. Hay muchos aficionados tuyos aquí –le soltó una mano para extender el brazo–. Yo soy el más grande. No pasa una noche sin que escuche al menos parte de tu programa. Perdí a mi mujer el año pasado.

–Yo... –carraspeó–. Lo siento.

–No, quiero decir que la perdí. Llegué una noche a casa y ella y los muebles habían desaparecido. Jamás la encontré... ni el sofá –rio cordialmente mientras Cilla buscaba qué decir–. La verdad es que tu programa me ayudó a pasar unas noches solitarias. Solo quería darte las gracias y decirte que estás haciendo un trabajo magnífico –le puso una tarjeta comercial en la mano–. Trabajo en electrodomésticos. Llámame cuando necesites una nevera nueva –le guiñó un ojo–. Te haré un buen descuento.

–Gracias –pensó que luego le resultaría gracioso–. Ha sido un placer conocerte, Tom.

–El placer ha sido mío –la observó alejarse con una sonrisa en los labios.

–Aguarda –le dijo Boyd después de sacarla del salón y acercarse a una cabina telefónica–. ¿De acuerdo?

Ella asintió e incluso logró sonreír en dirección a unas mujeres que iban hacia el tocador.

–Ya estoy mejor. Voy a sentarme justo ahí –señaló un grupo de sillones entre una planta. Dejó a Boyd buscando unas monedas y se hundió en un sillón.

Era una pesadilla. Deseó que fuera tan simple como una pesadilla para poder despertar con el sol brillándole en la cara. Casi había estado un día entero sin pensar en él.

Con manos temblorosas, sacó un cigarrillo.

Quizá había sido una tontería permitirse creer que le daría un día de paz. Pero que se presentara allí...eran escasas las probabilidades de que fuera un ex alumno. Sin embargo, había entrado.

Con la espalda pegada al respaldo, observó a la gente entrar y salir del salón. Podría ser cualquiera. ¿Lo reconocería si lo veía o sería un completo desconocido?

Podría ser alguien que estuviera de pie detrás de ella en el supermercado, alguien en una gasolinera. Tal vez el hombre que tuviera delante de ella en el banco o el empleado de la tintorería.

«Cualquiera», repitió, cerrando los ojos. Cualquiera de las personas sin cara ni nombre con las que se cruzaba a lo largo del día.

Sin embargo, él conocía su nombre. Conocía su cara. Le había arrebatado su paz mental, su libertad. No estaría satisfecho hasta que le quitara la vida.

Vio a Boyd colgar y esperó hasta que llegó a su lado.

–¿Y bien?

–Thea vendrá a recoger el papel. Lo enviaremos al laboratorio –la mano de él encontró el músculo tenso en la curva de su cuello y lo relajó–. No creo que consigamos huellas.

–No –agradeció el hecho de que no le diera ninguna falsa esperanza–. ¿Crees que sigue aquí?

–No lo sé –eso era lo que lo frustraba–. Es un hotel grande, Cilla. Y para colmo esta reunión carece de seguridad. No sería muy eficaz intentar cerrar el salón para interrogar a todos. Si quieres marcharte pronto, podemos aducir una indisposición.

–No, no quiero hacer eso –dio una calada profunda al cigarrillo–. La única satisfacción que me queda es acabar el trabajo. Demostrar que no ha logrado intimidarme. En particular si sigue por aquí.

–Muy bien. Recuerda que durante la siguiente hora en ningún momento estaré a más de un metro de ti.

–Boyd, al escribir la nota modificó su enfoque –apoyó una mano en la de él al levantarse–. ¿Qué crees que significa?

–Podrían ser muchas cosas.

–¿Cuáles?

–Que era la manera más conveniente para ponerse esta noche en contacto contigo. O que empieza a relajarse.

–O a impacientarse –añadió, volviéndose hacia él en la puerta–. Sé sincero conmigo.

–O a impacientarse –le enmarcó la cara con las manos–. Cilla, primero tendrá que pasar por encima de mí. Y puedo prometerte que no le resultará fácil.

–A los polis os gusta pensar que sois duros –le sonrió.

–No –le dio un beso leve–. Los polis tenemos que ser duros. Vamos. Quizá entre tus discos tengas *Dueling Banjos*. Podrías ponérmelo por los viejos tiempos.

–Ni lo sueñes.

Lo sobrellevó. Boyd jamás dudo de que lo haría; sin embargo, el modo en que aguantó a pesar de sus miedos lo asombró e impresionó. En ningún momento se desmoronó ni titubeó. Pero no se le escapó el modo en que estudiaba a la multitud.

No dejaba de mover constantemente las manos,

siguiendo el ritmo sobre la mesa, buscando canciones, jugando con los cierres de su falda.

«Jamás estará serena», pensó. «Avanzará por la vida impulsada por los nervios y la ambición. Será una compañera exigente e inquieta».

No lo que él había tenido en mente en las raras ocasiones en que había pensado en el matrimonio y la familia. «Ni se acerca», pensó con una leve sonrisa. Pero era exactamente lo que quería y lo que pensaba conseguir.

La protegería con la vida. Era su deber. La cuidaría una vida entera. Eso era amor. Si los planes que había hecho salían bien, Cilla no tardaría en comprender la diferencia.

También él estudiaba a la multitud, los rostros, atento a cualquier señal, cualquier movimiento que despertara su instinto. Pero la música continuaba y la gente reía.

Vio entrar a Althea. Y con un movimiento de cabeza pensó que también la mayoría de los hombres en la sala. Rio entre dientes al notar cómo una mujer le daba un codazo a su marido mientras miraba boquiabierto a la pelirroja que rodeaba la pista de baile.

–Tus entradas son espectaculares, Thea.

Ella se encogió de hombros. Lucía un sencillo vestido de cóctel de color negro.

–He de darte las gracias por sacarme de lo que resultó ser una velada aburrida. Mi cita tenía un cepillo de dientes en el bolsillo y una noche de sexo desenfrenado en la mente.

–Animal.

–¿No lo son todos? –miró a Cilla. El humor se desvaneció de su rostro y fue reemplazado por la preocupación–. ¿Cómo lo lleva?

–Es increíble.

–Compañero –enarcó una ceja–, mis agudas habilidades detectivescas me llevan a creer que estás seriamente interesado en nuestro caso.

–Ya he dejado atrás el interés. Estoy enamorado.

Los labios de Thea formaron un mohín pensativo.

–¿Con E mayúscula o minúscula?

–Con todas las letras en mayúscula –apartó la vista de Cilla y se concentró en Thea. Con pocas personas más compartiría sus pensamientos–. Pienso en el matrimonio, Thea. ¿Quieres ser mi madrina?

–Cuenta conmigo –pero apoyó una mano en su brazo–. No quiero ser pesada, Boyd, pero no pierdas la perspectiva. La dama está en apuros.

–Puedo funcionar como poli y como hombre –contuvo la irritación. Como no era algo de lo que quisiera hablar en profundidad, metió la mano en el bolsillo–. Aquí tienes la nota.

Ella la leyó y luego la guardó en el bolso.

–Veremos qué descubren los chicos del laboratorio.

–El ex marido parece limpio –lo cual representaba una enorme decepción–. Terminé de investigarlo esta noche. El senador Lomax lleva casado siete años y tiene un hijo y otro en camino. Lleva tres meses sin salir de Atlanta.

–Yo terminé con el director de la emisora de Chicago. Solo tenía buenas palabras sobre Cilla. Comprobé su historia de que había estado en Rochester la semana pasada visitando a su hija. Concuerda. Ella ha tenido una hija. Me envió por fax los ficheros del personal de la emisora cuando Cilla trabajaba allí. Hasta ahora nada.

–Cuando vaya el lunes a la comisaría, le echaremos un vistazo.

–Pensaba repasarlos este fin de semana. Tú no te separes de nuestra chica.

–Te debo una, Thea.

–Me debes más de una, pero, ¿quién lo cuenta? –al marcharse tuvo que detenerse dos veces para rechazar ofrecimientos de baile; luego para declinar una oferta más íntima.

Debido a que una fiesta se apreciaba más cuando terminaba con frenesí, Cilla eligió las últimas tres canciones más por su ritmo que por su sentimiento. Las chaquetas desaparecieron, las corbatas se aflojaron y los peinados se cayeron. Al concluir la última canción, la pista estaba atestada.

–Gracias, curso del 75, habéis sido fantásticos. Quiero volver a veros a todos para celebrar los veinte años.

–Buen trabajo –le dijo Boyd.

Cilla empezó a guardar los discos mientras la gente se dividía en grupos. Intercambiarían números de teléfono y direcciones. Algunas despedidas serían tristes.

–Todavía no ha terminado.

La ayudaba trabajar. Tenía que desmontar el equipo y, con la colaboración del personal del hotel, lo cargaría en el coche de Boyd. Luego irían a la emisora para descargarlo allí. Después, quizá se permitiera volver a pensar.

–Fue un buen trabajo.

–¿Mark? –alzó la vista sorprendida–. ¿Qué haces aquí?

–Podría decir que quería ver cómo le iba a uno

de mis empleados –alzó un sencillo y rio–. Dios, ¿no me digas que lo llegaste a poner?

–Tenía mucho éxito en el 75 –suspicaz, se lo quitó–. ¿Y ahora por qué no me cuentas qué haces realmente aquí?

Sintiéndose nostálgico, miró alrededor. Su mujer y él se habían conocido en el instituto.

–He venido a buscar mi equipo.

–¿Desde cuándo el director de la emisora hace ese trabajo?

–Soy el jefe –le recordó–. Puedo hacer lo que quiera. Y a partir de este momento... –miró la hora–. Estás de baja por enfermedad.

–No estoy enferma –de pronto le resultó muy claro; miró a Boyd con expresión acusadora.

–Lo estás si lo digo yo –replicó Mark–. Si te veo en la emisora antes de tu turno del lunes por la noche, estás despedida.

–Maldita sea, Mark.

–Acéptalo o déjalo –para suavizar el golpe, apoyó las manos en sus hombros–. Es por el negocio, Cilla. He visto a pinchadiscos quemarse por mucha menos presión. Te quiero mucho tiempo en la emisora. Y también es personal. Hay mucha gente preocupada por ti.

–Lo llevo bien.

–Entonces no te costará sobrellevar un par de días libres. Y ahora lárgate.

–Pero, ¿quién...?

–Ya lo has oído –Boyd la tomó del brazo.

–Odio que me manden –musitó mientras él se la llevaba.

–Es una pena. Imagino que piensas que la KHIP se va a venir abajo sin ti el fin de semana.

–Esa no es la cuestión –le lanzó una mirada asesina.

–No, la cuestión es que necesitas un descanso y vas a tenerlo.

Cilla recogió el abrigo antes de que él pudiera ayudarla a ponérselo.

–¿Y qué diablos se supone que voy a hacer?

–Ya se nos ocurrirá algo.

Furiosa, salió al aparcamiento. Había algunos rezagados de la fiesta junto a sus respectivos coches. Se sentó en el interior del vehículo de Boyd y frunció el ceño.

–¿Desde cuándo es una cuestión de *nosotros*?

–Desde que, por una extraña coincidencia, yo también tengo el fin de semana libre.

–A mí me huele a conspiración –lo estudió con los ojos entrecerrados mientras él le abrochaba el cinturón de seguridad.

–Aún no has visto nada –puso un casete de música clásica antes de salir del aparcamiento.

–¿Mozart? –bufó ella.

–Bach. Es para limpiar el paladar.

Con un suspiro, sacó un cigarrillo. No quería que la gente se preocupara por ella, no quería reconocer que estaba cansada. Ni pensaba admitir que se sentía aliviada.

–Esta música siempre me duerme.

–No te vendría mal el descanso.

–No me ha gustado que corrieras de esa manera a ver a Mark –encendió el cigarrillo con los dientes apretados.

–No corrí a él. Simplemente lo llamé y le sugerí que te vendría bien un descanso.

–Puedo cuidar de mí misma.

–Tus impuestos se emplean para que yo cuide de ti.

–¿He mencionado últimamente lo mucho que me desagradan los polis?

–No en las últimas veinticuatro horas.

Al parecer no iba a morder ningún cebo y permitirle que se desahogara con una pelea. Decidió que después de todo quizá fuera lo mejor. Podía emplear el tiempo para ponerse al día con la lectura. Los últimos dos números de *Radio & Records* esperaban su atención. También quería echarle un vistazo a una revista de jardinería que había recibido por correo. Sería agradable plantar unas flores estivales alrededor de la casa.

La idea la hizo sonreír. Compraría unas macetas para las ventanas y quizá alguna para colgar. Tal vez por eso no se dio cuenta de que iban en la dirección equivocada hasta veinte minutos después.

–¿Dónde estamos? –se irguió.

–En la 70, en dirección oeste.

–¿La Autopista 70? ¿Y qué diablos hacemos aquí?

–Ir a las montañas.

–Las montañas –aturdida, se apartó el pelo–. ¿Qué montañas?

–Creo que se llaman las Rocosas –repuso–. Tal vez hayas oído hablar de ellas.

–No te hagas el listo. Se suponía que debías llevarme a casa.

–Y lo hago... en cierta manera. Te llevo a mi casa.

–Ya he visto tu casa –señaló hacia atrás con el pulgar–. Es en la otra dirección.

–Esa es mi casa de Denver. Esta es la que tengo en las montañas. Es una cabaña muy cómoda. Con bonita vista. Pasaremos allí el fin de semana.

–No iremos a ninguna parte –se movió para mirarlo con ojos centelleantes–. Pienso pasar el fin de semana en mi casa.

–Haremos eso el próximo fin de semana –explicó con tono razonable.

–Mira, Fletcher, como poli tendrías que saber que llevarte a alguien en contra de su voluntad es un delito.

–Puedes denunciarme cuando volvamos.

–Muy bien, esto ha ido demasiado lejos –se recordó que no serviría para nada perder los nervios. Él era inmune–. Puede que pienses que lo haces por mi propio bien, pero hay otras personas implicadas. Ni sueñes con que vaya a dejar a Deborah sola en casa mientras ese maníaco anda suelto detrás de mí.

–Bien dicho –tomó una salida de la autopista y ella comenzó a relajarse–. Por eso va a pasar unos días con Althea.

–Yo...

–Me pidió que te dijera que te divirtieras. Ah –continuó mientras ella emitía unos sonidos incoherentes–, te guardó ropa en un bolso. Está en el maletero.

–¿Cuándo lo planeaste todo?

Boyd decidió que esa voz fabulosa sonaba demasiado serena. Se preparó para la tormenta.

–Hoy tuve algo de tiempo libre. Te gustará la cabaña. Es tranquila, no muy aislada y, como ya he dicho, tiene unas vistas magníficas.

–Mientras esté cerca de un buen risco desde donde poder tirarte.

–También –aminoró para seguir un camino sinuoso.

–Sabía que eras descarado, Fletcher, pero esto se pasa. ¿Qué demonios te hizo creer que podías meterme en un coche, organizar la vida de mi hermana y llevarme a una cabaña?

–Debió de ser una idea súbita.

–Sin duda tienes el cerebro dañado. Ten clara una cosa. No me gusta el campo, no me gusta lo rústico. No me gustan las acampadas y no iré.

–Ya estás yendo.

–Si no me llevas de vuelta ahora mismo, voy a... –¿cómo podía mantenerse tan calmado?

–¿Qué?

–En algún momento tendrás que dormir –apretó los dientes y se sintió dominada por la furia–. Si esta es tu manera de conseguir meterme en tu cama, has calculado mal. Antes me quedaría sentada en el coche para congelarme.

–La cabaña tiene más de un dormitorio –explicó con tranquilidad–. Eres bienvenida a compartir el mío o a elegir cualquiera de los otros. Depende de ti.

Atónita, se reclinó en el asiento.

8

No tenía intención de darle un aire romántico. Los secuestros estaban bien en los libros sobre damas nobles e intrépidos bucaneros. Pero no encajaban en la ciudad de Denver del siglo veinte.

No pensaba cambiar de actitud. Si la única venganza que tenía al alcance de la mano era mantener una distancia gélida, lo haría. No obtendría de ella ni una sonrisa ni una palabra amable hasta que se hubiera terminado el ridículo fin de semana.

«Entonces, ¿por qué es una pena que mi primer vistazo de la casa sea bajo la luz de la luna?».

¿Llamaba a eso una cabaña? Cilla agradeció que la música ocultara su jadeo de sorpresa. La idea que ella tenía de una cabaña era una estructura de troncos en medio de ninguna parte, sin ninguna de las ventajas de la civilización. El tipo de lugar al que iban los hombres para dejarse crecer la barba, beber cerveza y quejarse de las mujeres.

Esa coincidía en que era de madera, pero distaba

mucho de ser pequeña. Con múltiples niveles, se alzaba majestuosa entre los pinos cubiertos de nieve. Unas terrazas, algunas cubiertas y otras no, prometían una vista espectacular desde cualquier dirección. El techo de metal centelleaba, haciendo que se preguntara cómo sería estar dentro, oyendo caer la lluvia.

Pero con obstinación contuvo todas las palabras de alabanza y bajó del coche. La nieve le llegaba hasta la mitad de las pantorrillas y le cubrió los zapatos.

–Estupendo –musitó. Avanzó hacia el porche, dejando que él se ocupara del equipaje que pudiera llevar.

Pensó que, aunque fuera hermosa, eso no marcaba ninguna diferencia. Seguía sin querer estar allí. Pero como ya no había remedio, y llamar un taxi no era posible, mantendría la boca cerrada, elegiría el dormitorio más alejado del de Boyd y se metería en la cama. Quizá no se moviera de allí en cuarenta y ocho horas.

Mantuvo la primera mitad del juramento cuando él se reunió a su lado en el porche. Los únicos sonidos los producían las planchas de madera del suelo y la llamada de alguna criatura salvaje en el bosque. Después de dejar las maletas, Boyd abrió la puerta y le indicó que pasara.

El interior estaba a oscuras y helado. De algún modo eso hizo que se sintiera mejor. Cuanto más incómoda fuera, más justificado estaría su malhumor. En el momento en que él encendió las luces, se quedó boquiabierta.

La habitación principal de la cabaña era enorme, una estructura abierta con vigas vistas y una bonita chimenea de granito. A su alrededor aparecían distribuidos unos muebles cómodos. En lo alto, un balcón recorría el ancho de la estancia, manteniendo la unidad de amplitud y madera. En contraste, las paredes eran blancas, con estanterías empotradas y puertas y ventanas acristaladas.

No se parecía en nada a los arcos y curvas de su casa de Denver. La cabaña era líneas rectas y sencillez. Los suelos de madera estaban desnudos. Dos escalones lustrosos conducían al siguiente nivel. Junto a la chimenea había un baúl de madera lleno de leña.

–Se calienta con bastante rapidez –explicó Boyd, deduciendo que empezaría a hablarle cuando se sintiera preparada. Encendió la calefacción antes de quitarse la chaqueta y colgarla de un perchero con espejo justo detrás de la puerta. Se dirigió a la chimenea y se puso a prepararla–. La cocina está por ahí –señaló mientras acercaba una cerilla a un periódico arrugado–. La despensa está llena, por si tienes hambre.

La tenía, pero prefería morir antes que reconocerlo. De mal humor, observó cómo las llamas comenzaban a lamer los leños. «Hasta eso lo hace bien», pensó disgustada.

Cuando Cilla no respondió, Boyd se levantó y se frotó las manos para limpiárselas. A pesar de lo terca que era, sabía que podía ganarle por paciencia.

–Si prefieres irte a la cama, arriba hay cuatro dormitorios.

Con el mentón rígido, recogió el bolso y subió las escaleras.

Le costó adivinar cuál era el dormitorio de Boyd. Todos exhibían una decoración preciosa. Eligió el más pequeño. Aunque odiaba reconocerlo, era precioso, con el techo abuhardillado, el cuarto de baño pequeño y las puertas de vaivén. Puso el bolso sobre la cama estrecha y lo abrió para ver qué le había guardado su hermana.

El jersey y los pantalones gruesos recibieron su aprobación, al igual que las botas robustas y los calcetines abrigados. El neceser contenía todo lo necesario, aunque dudó que fuera a emplear alguna máscara o perfume. En vez de la camiseta de los Broncos y la bata de franela, había una prenda de seda negra con un escueto salto de cama. Sobre el corpiño vio sujeta una nota.

Feliz cumpleaños con algunas semanas de antelación. Nos vemos el lunes.
Besos, Deborah.

Suspiró. «Mi propia hermana», pensó. Con cuidado, alzó la prenda. ¿En qué había pensado Deborah para ponerle algo así? Quizá lo mejor era no saber la respuesta. Decidió que dormiría con el jersey, aunque no pudo resistir la tentación de pasar los dedos por la seda.

Era... gloriosa. Rara vez se daba el lujo de algo tan poco práctico. Una pequeña sección de su guardarropa estaba dedicada a trajes parecidos a los que se había puesto para la reunión. Los consideraba más disfraces que ropa. El resto estaba compuesto de prendas prácticas, cómodas.

Pensó que su hermana no tendría que haber sido tan extravagante. Aunque era típico de ella. Suspiró y dejó que la seda se deslizara por sus manos. Quizá no le hiciera daño probársela. Después de todo, era un regalo. Y nadie iba a verlo.

El calor empezaba a emanar de los conductos de la calefacción. Agradecida, se quitó la cazadora y los zapatos. Se daría un baño caliente y luego se acostaría bajo esa colcha tan bonita.

Pero el agua caliente la sedujo. Las sales de baño que había metido Deborah en el bolso le parecieron irresistibles. Su fragancia la envolvió. Estuvo a punto de quedarse dormida en el agua, soñando con la espuma que rompía sobre su piel.

Y encima la claraboya del techo dejaba entrar la luz de las estrellas. Suspiró y se hundió más en la bañera. Pensó que era de un romanticismo casi pecaminoso.

Sin duda había sido una tontería encender las dos velas que había en el alféizar de la ventana en vez de emplear la luz eléctrica. Pero no había podido resistir la tentación. Y mientras soñaba, su fragancia la rodeó.

Al levantarse con pereza del agua, decidió aprovechar lo mejor de una mala situación. Se soltó el pelo, dejó que cayera sobre sus hombros y se puso la prenda que le había regalado Deborah.

Apenas tenía espalda, solo un trozo de tela que casi no la cubría. Subía hasta la parte frontal en dos tiras que se cruzaban y terminaban en un lazo pequeño en el centro, justo debajo de los pechos. Aunque a duras penas los tapaba, algún inteligente secreto estructural los levantaba y hacía que parecieran más plenos.

A pesar de sus mejores intenciones, pasó la yema de un dedo por las cintas, preguntándose cómo sería que Boyd las soltara. Imaginó que sentía los dedos de él por su piel. ¿Iría despacio o sencillamente las arrancaría y...?

Santo cielo.

Se maldijo, empujó la puerta y salió del cuarto de baño.

Se recordó que era ridículo tener esas fantasías. Jamás había sido una soñadora. Siempre había sabido cuál era su meta y cómo llegar hasta ella. Desde la infancia no perdía tiempo en fantasías que no tenían relación alguna con la ambición o el éxito.

Además, no ganaba nada fantaseando con un hombre con el que no podría alcanzar una realidad cómoda, sin importar lo mucho que la atrajera.

Se iría a la cama. Cerraría su mente a todo estímulo. Y rezaría también para ser capaz de cerrar esas necesidades que la carcomían. Antes de que pudiera meter el bolso bajo la cama, vio la copa junto a la cama.

Era una copa de pie alto, llena con un líquido dorado. Al probarlo, cerró los ojos. Vino. Maravillosamente suave. Probablemente francés. Se volvió y se vio reflejada en el espejo de un rincón.

Tenía los ojos oscuros y la piel arrebolada. Parecía demasiado blanda, demasiado abierta, demasiado dócil. Se preguntó qué le estaba haciendo Boyd y por qué funcionaba.

Antes de poder cambiar de parecer, se pasó el tenue salto de cama por los hombros y fue a buscarlo.

Hacía una hora que leía la misma página. Pensando en ella. Maldiciéndola. Deseándola. Había necesitado de todo su autocontrol para dejar la copa de vino junto a la cama de Cilla y salir de la habitación al oírla en la bañera.

Disgustado, llegó a la conclusión de que no todo era unilateral. Sabía cuando una mujer estaba interesada. Y tampoco todo era físico. La amaba, maldición. Y si Cilla era demasiado tonta para no verlo, tendría que metérselo a la fuerza en la cabeza.

Dejó el libro en el regazo, escuchó la elocuencia blusera de Billie Holiday y contempló el fuego. Las llamas habían desterrado el frío de su dormitorio. Lo irritaba haber fantaseado con ella mientras la encendía.

La había imaginado yendo a él, con unas prendas escuetas, seductoras. Le había sonreído y alargado las manos. Se había fundido contra su cuerpo. Cuando la tomó en brazos, la llevó a la cama...

«Sigue soñando», se dijo. El día que Cilla O'Roarke se acercara por propia voluntad, con una sonrisa y la mano extendida, sería el día que hubiera abominables hombres de las nieves en el infierno.

Estaba convencido de que sentía algo por él. Mucho. Y si no fuera tan terca, si no estuviera tan decidida a encerrar toda su increíble pasión, no dedicaría tanto tiempo a morderse las uñas y a encender cigarrillos.

Resentida, contenida y reprimida, así era Priscilla Alice O'Roarke. Recogió la copa de vino para realizar un brindis burlón. A punto estuvo de caérsele de la mano cuando la vio en la puerta.

–Quiero hablar contigo –había perdido casi todo el coraje en el breve trayecto por el pasillo, aunque logró entrar en el dormitorio. No iba a permitir que el hecho de que Boyd estuviera sentado delante de un fuego que crepitaba sin otra cosa que unos pantalones de chandal la intimidara.

Después de beber un trago de vino, él logró

asentir. Estaba casi dispuesto a creer que volvía a soñar... pero ella no sonreía.

–¿Sí?

Cilla tuvo que recordarse que había ido a hablar, a decir lo que bullía en su mente y a despejar la atmósfera. Pero primero necesitaba un sorbo de su propio vino.

–Comprendo que tus motivos para traerme aquí eran básicamente bienintencionados, dadas las circunstancias de las últimas semanas. Pero tus métodos han sido increíblemente arrogantes –se preguntó si habría sonado tan tonta ante él como le parecía ante sus propios oídos. Aguardó una respuesta, pero él no dejaba de mirarla–. ¿Boyd?

–¿Qué? –movió la cabeza.

–¿No tienes nada que decir?

–¿Sobre qué?

Ella emitió un sonido bajo de frustración y se acercó. Plantó la copa en la mesa y el resto del vino se agitó.

–Lo menos que puedes hacer después de arrastrarme hasta aquí es escucharme cuando me quejo.

Él apenas era capaz de respirar, mucho menos escuchar. Para ganar tiempo bebió otro trago.

–Si tuvieras piernas... cerebro –corrigió con los dientes apretados–, sabrías que un par de días lejos de todo serían buenos para ti –en los ojos de ella centelleó la ira, lo que le dio un aire aún más excitante. A su espalda las llamas ardían y la luz atravesaba la tenue seda que llevaba puesta.

–De modo que te tomaste la libertad de decidirlo por mí.

–Así es –con un movimiento brusco, dejó la copa para no partirla con los dedos–. Si te hubiera pedido que vinieras aquí a pasar unos días, habrías planteado una docena de excusas.

–Jamás sabremos qué habría hecho –replicó–, porque no me brindaste la opción de tomar mi propia decisión.

–Me estoy esforzando para dártela ahora –musitó él.

–¿Sobre qué?

Boyd soltó un juramento y se puso de pie, dándole la espalda. Con las manos apoyadas en la pared, comenzó a golpearse la frente. Cilla lo observó con una mezcla de confusión y furia.

–¿Qué haces? –preguntó.

–Me golpeo la cabeza contra la pared. ¿A ti qué te parece que estoy haciendo? –se detuvo con la frente apoyada en la pared.

Ella reflexionó en que al parecer no era la única sometida a mucha tensión. Carraspeó.

–Boyd, ¿por qué te golpeas de esa manera?

Él rio, se frotó la cara y se dio la vuelta.

–No tengo ni idea. Es algo que me he sentido impulsado a hacer desde que te conocí –la vio algo nerviosa, pasándose unos dedos inquietos por las solapas de seda. No le resultó fácil, pero después de respirar hondo, encontró algo de control–. ¿Por qué no te vas a la cama, Cilla? Por la mañana podrás acabar con lo que quede de mí.

–No te entiendo –espetó, luego se puso a caminar de un lado a otro.

Boyd abrió la boca pero no pudo articular palabra al ver la larga extensión de su espalda, desnuda salvo por un ínfimo parche de seda, y el contoneo agitado de sus caderas.

–Por el amor de Dios, deja de caminar –pensó

que en un minuto el corazón se le saldría del pecho–. ¿Intentas matarme?

–Siempre camino cuando estoy furiosa –soltó–. ¿Cómo pretendes que me acueste después de cómo me has puesto?

–¿De cómo te he puesto? –repitió. Algo se quebró en su interior y alargó las manos para aferrarla por los brazos–. ¿De cómo te he puesto? Eso es fantástico, O'Roarke. Dime, ¿te has puesto esa cosa para hacerme sufrir?

–Yo... –bajó la vista para mirarse y luego se movió incómoda–. Deborah lo incluyó en el bolso. Es lo único que tengo.

–Quienquiera que te lo haya guardado, eres tú quien va dentro. Y me estás volviendo loco.

–Pensé que podríamos aclarar esto –iba a ponerse a tartamudear en cualquier momento–. Hablarlo como adultos.

–En este instante pienso como un adulto. Si quieres hablar, tengo un baúl lleno de mantas. Podrías pasarte una por los hombros.

No necesitaba una manta; de hecho, tenía demasiado calor. Si continuaba frotándose la seda de los brazos, la fricción iba a provocar que estallara en llamas.

–Quizá quería hacerte sufrir un poco.

–Ha funcionado –sus dedos jugaron con el salto de cama–. Cilla, no pienso facilitártelo y arrastrarte a la cama. No digo que la idea no me atraiga mucho. Pero si hacemos el amor, vas a tener que despertar por la mañana sabiendo que la elección fue tuya.

¿Acaso no había ido a verlo por eso, con la esperanza de que le quitara el peso de las circunstancias? Eso la convertía en una cobarde y, de un modo miserable, en una farsante.

–No me resulta fácil.

–Debería serlo –bajó las manos hasta tomar las suyas–. Si estás lista.

Ella alzó la cabeza y vio que Boyd esperaba, igual de nervioso, pero esperaba.

–Imagino que he estado lista desde que te conocí.

–Solo di sí –lo recorrió un escalofrío.

Cilla pensó que con decirlo no bastaba. Cuando algo era importante, se necesitaba más que una simple palabra.

–Suéltame las manos, por favor.

Él las sostuvo otro momento, estudiando su rostro, y luego relajó los dedos y los apartó. Antes de que pudiera retirarse, ella le rodeó el cuello con los brazos.

–Te deseo, Boyd. Quiero estar contigo esta noche –acercó los labios a su boca. Ya había pronunciado suficientes palabras. Cálida y dispuesta, se pegó a él.

Durante un instante Boyd no fue capaz de respirar. El ataque sobre sus sentidos era demasiado abrumador. El sabor, el aroma, la textura de la seda sobre la piel sedosa de Cilla... Recordó el día en que había recibido una coz de uno de los valiosos caballos de su padre. El beso lo dejó igual de débil. Quería saborear, ahogarse, perderse centímetro a glorioso centímetro. Pero incluso mientras le bajaba el salto de cama por los brazos ella lo conducía a la cama.

Sus manos eran como un torbellino que lo recorrían, seguidas por el loco y erótico viaje de su boca. La presión subía demasiado deprisa, pero cuando alargó las manos hacia ella, Cilla se quitó la prenda y corrió a su encuentro.

No quería que lamentara haberla deseado. No habría podido soportarlo. Si iba a arrojar toda cautela al viento por esa única noche, necesitaba saber que importaría. Que Boyd la recordaría.

Él tenía la piel húmeda y encendida. Deseó poder demorarse en su sabor, en la sensación que le producía bajo los dedos, pero creía que los hombres preferían velocidad y poder.

Lo oyó gemir. Le encantó. Cuando le quitó los pantalones del chandal, las manos de él se habían cerrado sobre su pelo. Murmuraba algo... su nombre, y mucho más... pero no lo captó. Cilla pensó que entendía su urgencia, el modo en que la pegaba a él. Cuando se situó encima de ella, le susurró su aceptación y lo introdujo en su interior.

Boyd se puso rígido. Juró, tratando de contenerse y retirarse. Pero ella arqueó las caderas y lo embistió, sin dejarle otra elección a su cuerpo.

Los labios de Cilla se hallaban curvados cuando él enterró la cabeza en su pelo, con la respiración aún entrecortada. «No lo va a lamentar», se dijo, acariciándole el hombro. Y tampoco ella. Era más de lo que había vivido jamás, más de lo que había esperado. Cuando Boyd la llenó había sentido calor y una serena satisfacción al notar cómo se vertía en su interior. Pensó en lo agradable que sería cerrar los ojos y quedarse dormida con el cuerpo de él aún cálido sobre el suyo.

Boyd no dejaba de maldecirse. Estaba furioso por su falta de control y desconcertado por el modo en que Cilla los había precipitado a los dos de un beso a la culminación. Apenas la había tocado. Aunque ella había establecido el ritmo acelerado, sabía que ni se había acercado al orgasmo.

Luchando por serenarse, se puso boca arriba y contempló el techo. Cilla había activado unas bombas en su interior, y aunque habían explotado, ninguno de los dos había compartido el gozo.

–¿Por qué lo has hecho? –preguntó.

–No entiendo –detuvo la mano a medio camino de acariciarle el pelo–. Pensé que querías hacer el amor.

–Y lo deseaba –se sentó y se alisó el pelo–. Creía que tú también lo querías.

–Pero suponía que a los hombres les gustaba... –cerró los ojos–. Te dije que no era muy buena en esto –él soltó un juramento que la sobresaltó. Con movimientos rápidos, se levantó de la cama y trató de ponerse el salto de cama.

–¿Adónde diablos vas?

–A la cama –bajó la voz para que no se notara el nudo que sentía en la garganta–. Podemos sumar esto a otro error de cálculo –de pronto oyó que la puerta se cerraba, volvió la cabeza y vio que Boyd giraba la llave en la cerradura–. No quiero quedarme aquí contigo.

–Es una pena. Ya has hecho tu elección.

Cerró los puños y se los llevó al pecho. Él estaba enfadado. Y en esa ocasión de verdad. No sería la primera pelea que había tenido por su torpeza en la cama. Las viejas heridas y dudas la obligaron a permanecer rígida de bochorno.

–Mira, lo hice como mejor sabía. Si no ha bastado, bueno. Deja que me vaya.

–No ha bastado –repitió. Al avanzar, ella retrocedió y chocó con el pie de la cama–. Alguien debería meterte algo de sentido común en la cabeza. Hay dos personas en la cama, Cilla, y lo que pase se supone que tiene que ser mutuo. No buscaba a una maldita especialista –ella palideció hasta que los ojos se le llenaron de lágrimas. Boyd se llevó las manos a los ojos y maldijo. No había querido herirla, solo demostrarle que buscaba una compañera–. Tú no has sentido nada.

–Sí he sentido –furiosa, se secó las mejillas. Nadie la hacía llorar. Nadie.

–Pues se trata de un milagro. Cilla, apenas dejaste que te tocara. No te culpo a ti –dio otro paso, pero ella lo esquivó. Paciente, se quedó donde estaba–. Yo tampoco te rechacé. Pensé... Digamos que para cuando lo comprendí, ya era demasiado tarde para hacer algo al respecto. Me gustaría compensártelo.

–No hay nada que compensar –volvía a hallarse controlada, con los ojos secos y la voz firme. Quería morirse–. Lo olvidaremos. Quiero que abras la puerta –Boyd suspiró y luego se encogió de hombros. Al volverse hacia la puerta, lo siguió. Pero él solo apagó la luz–. ¿Qué haces?

–Lo probamos a tu manera –bajo la luz de la luna atravesó la habitación y encendió unas velas. Puso la música que hasta entonces había estado en silencio en el tocadiscos. El sonido trémulo de un saxo tenor llenó el dormitorio–. Ahora probaremos a la mía.

Cilla había empezado a temblar.

–Dije que quería irme a la cama.

–Bien –la alzó en brazos–. Yo también.

–Ya he tenido suficientes humillaciones para una noche –soltó con los dientes apretados.

–Lo siento –musitó con un destello oscuro en los ojos–. En ningún momento quise herirte –aunque aún seguía rígida, la depositó con delicadeza en la cama. Sin apartar los ojos de los de ella, le extendió el cabello–. Te he imaginado aquí, a la luz de las velas, con el pelo sobre mi almohada –le dio un beso fugaz en los labios–. La luz de la luna y de las llamas sobre tu piel. Solo tú en kilómetros a la redonda.

Conmovida, giró la cabeza. No permitiría que la sedujera con palabras para volver a quedar como una tonta. Él sonrió y posó los labios en su garganta.

–Me encanta un desafío. Voy a hacer el amor contigo, Cilla –bajó la tira de seda del hombro y le recorrió la curva con la boca–. Voy a llevarte a sitios con los que jamás has soñado –le tomó la mano, complacido al descubrir que se le había acelerado el pulso–. No deberías de tener miedo de disfrutar.

–No lo tengo.

–Tienes miedo de relajarte, de dejarte llevar, de permitir que alguien se acerque lo suficiente para averiguar qué hay en tu interior.

–Ya hemos tenido sexo –intentó apartarse, pero los brazos de él la inmovilizaron.

–Sí –le besó una comisura de la boca, luego la otra–. Ahora vamos a hacer el amor.

Le enmarcó la cara entre las manos y, cuando volvió a acercar la boca a sus labios, le dio un vuelco el corazón. Fue un beso delicado y tentador. Boyd le acarició la cara con las yemas de los dedos y ella suspiró. Se zambulló en sus labios entreabiertos para provocarla con la lengua.

–No quiero... –gimió mientras él le mordisqueaba el labio inferior.

–Dime lo que quieres.

–No lo sé –ya se sentía aturdida. Levantó una mano para apartarlo, pero solo pudo apoyarla en su hombro.

–Entonces haremos que sea una elección múltiple –le llenó el cuello de besos–. Cuando haya terminado, podrás decirme qué te ha gustado más.

Pronunció palabras susurradas, suaves, soñadoras que flotaron en la cabeza de Cilla. Luego la embriagó con un beso prolongado y perezoso. Aunque el cuerpo había empezado a temblarle, apenas la tocaba... solo las yemas de los dedos sobre los hombros, la cara, el pelo.

Deslizó la lengua sobre la cresta de sus pechos, por encima del borde del encaje negro. Mientras recorría el valle de sus senos, Boyd pensó que su piel era como miel. Tomándose su tiempo, bajó el encaje de seda con los dientes. Ella se arqueó, ofreciéndose, con los dedos tensándose como alambres sobre los de él. Boyd solo murmuraba y, dejando un rastro húmedo, bajó la otra tira.

La respiración de él era rápida y entrecortada, pero contuvo el impulso de tomar con codicia. Con besos enloquecedores pasó la lengua caliente sobre el pezón rígido hasta que ella tembló y sollozó su nombre. Con un gemido de placer, se concentró en succionar.

Cilla experimentó la presión en su interior, cerrándose y abriéndose al ritmo de aquella boca hábil. Creciendo hasta que pensó que iba a morir.

Le costaba respirar mientras se retorcía debajo de Boyd. Clavó las uñas en el dorso de sus manos y oyó su propio grito, el jadeo de alivio y de tormento a medida que algo se quebraba en su interior. Unos cuchillos ardientes se convirtieron en sedosas alas de mariposas. El dolor le provocó un placer irracional.

Cuando todos los músculos de su cuerpo se quedaron laxos, él le cubrió la boca con un beso.

–Santo cielo. Eres increíble.

–No puedo –se llevó una mano a la sien–. No puedo pensar.

–No lo hagas. Siente.

Se sentó a horcajadas sobre ella. Cilla estaba preparada para que la tomara. Ya le había dado más de lo que nunca había recibido. Le había mostrado más de lo que había imaginado.

Comenzó a soltarle el lazo con infinita paciencia, sin quitarle la vista de la cara. Le encantaba ver todo lo que reflejaba, cada sensación nueva, cada emoción. Oyó el murmullo de la seda sobre su piel mientras la bajaba. Sintió la vibración de la pasión en Cilla mientras posaba los labios sobre su vientre liso.

Como en una nube, ella le acarició el pelo, mientras permitía que su mente siguiera el sendero que tan desesperadamente quería recorrer su cuerpo. Estaba en el cielo; era un sitio mucho más exigente, excitante y erótico que cualquier paraíso que hubiera podido soñar. Sintió las sábanas, ardientes debido al calor de su propio cuerpo, enredadas debajo de ella. Y el destello de la seda a medida que Boyd se la quitaba con increíble lentitud. Al suspirar y abrir los labios, aún podía sentir su sabor en ellos, rico y varonil. Había tanto que absorber, tanto que experimentar. Aunque continuara para siempre, terminaría demasiado pronto.

Él sabía que Cilla era suya en ese momento. Mucho más que cuando había sido introducido en su interior. Su cuerpo era como un deseo, largo, esbelto y pálido a la luz de la luna. Cuando la tocaba, ella solo pronunciaba su nombre, solo el suyo. Con las manos clavadas en los hombros, lo instó a continuar.

Bajó sobre sus piernas sin dejar de llevarse la seda y de mordisquear. La fragancia de su piel era un tormento delicioso sobre el que podría haberse demorado para siempre. Pero tenía el cuerpo inquieto. Sabía que debía experimentar la misma ansiedad que él.

Pasó un dedo por la extensión de su muslo, por la piel sensible, acercándose cada vez más hasta el núcleo de calor. Cuando entró en ella, la encontró húmeda y a la espera.

Lo primero que emitió fue un gemido jadeante, y luego la magia de las manos de Boyd la catapultó hacia lo alto, a una nueva cumbre. Aturdida por su poder, se arqueó hacia él, sin dejar de temblar mientras ascendía. Agarrada a sus hombros, continuó enloqueciéndola con la boca, con los dedos inteligentes e implacables hasta que pasó del placer al delirio.

Entonces lo rodeó con los brazos y se pusieron a rodar por la cama como relámpago y trueno. El tiempo de la paciencia se había terminado. Había llegado el momento de la codicia.

Boyd luchó por respirar mientras las manos de Cilla lo recorrían. Igual que la primera vez, ella le arrebató el control. Pero en ese instante estaba con él, paso a paso, necesidad a necesidad. Vio que sus ojos se habían velado por la pasión, insondables por el deseo mientras su piel húmeda brillaba bajo la luz tenue.

La besó una última vez para absorber su grito asombrado al tiempo que la penetraba. Con un sollozo, Cilla lo rodeó con brazos y piernas, con fuerza, para que pudieran ir juntos hacia la locura.

Estaba extenuado, débil como un bebé. Y era pesado. Con la poca fuerza que le quedaba, rodó, llevándose a Cilla consigo, de forma que sus posturas quedaron invertidas. Satisfecho, le tomó la cara entre las manos y llegó a la conclusión de que le gustaba mucho la sensación de tener el cuerpo de ella extendido sobre el suyo. Notó que experimentaba un escalofrío y la acarició.

–¿Tienes frío? –ella movió la cabeza. Perezoso como un gato, le recorrió la espalda–. Puede que dentro de una hora encuentre la fuerza necesaria para ir a buscar las mantas.

–Estoy bien.

Pero su voz sonó insegura. Con el ceño fruncido, Boyd le alzó la barbilla. Pudo ver una lágrima brillar en sus pestañas.

–¿Qué sucede?

–No estoy llorando –afirmó con pasión.

–Muy bien. ¿Qué haces? –ella intentó apartar la cabeza, pero no se lo permitió.

–Pensarás que soy estúpida.

–Probablemente el único momento en el que no podría pensar que eres estúpida es después de haberme vuelto del revés –le dio un beso–. Suéltalo, O'Roarke.

–Es que... –soltó un suspiro impaciente–. Nunca pensé que fuera a ser así.

–¿Cómo? –sonrió. Empezaba a recuperar las fuerzas. Quizá se debiera al modo en que lo miraba. Aturdida. Avergonzada. Hermosa–. ¿Te refieres a bueno? –bajó las manos para acariciarle el trasero–. ¿O muy bueno? Tal vez magnífico. O asombroso.

–Te burlas de mí.

–Mmm, esperaba recibir un cumplido. Pero no quieres dármelo. Supongo que eres demasiado obstinada para reconocer que mi manera fue mejor que la tuya. Pero no pasa nada. Imagino que puedo mantenerte encerrada aquí hasta que lo hagas.

–Maldita sea, Boyd, no me resulta fácil explicarme.

–No tienes que hacerlo –la burla se había desvanecido de su voz. La expresión de sus ojos la derritió otra vez.

–Quería decirte que nunca... nadie me había hecho... –se rindió–. Ha sido magnífico.

–Sí –apoyó la mano en su nuca y le bajó la cabeza para besarla–. Ahora vamos a buscar lo asombroso.

9

Cilla cruzó los brazos para repeler el frío y contempló los pinos y las rocas. Boyd había vuelto a tener razón. La vista era increíble.

Desde ese ángulo podía ver las cumbres nevadas de las montañas circundantes. Más cerca, pero aún distante, percibió el leve hililllo de humo de una chimenea. Le llegaba el áspero susurro de una corriente fría. Apenas captaba el destello del sol en las aguas.

Las sombras eran largas al final de la tarde y proyectaban una fría luz azul sobre la nieve.

Se encontraba sola y ya había olvidado lo que era estar tan en paz. Se preguntó si alguna vez lo había sabido. Al menos no desde su temprana infancia, cuando aún creía en cuentos de hadas y en finales felices. Con casi treinta años, ya era demasiado tarde para renovar esa creencia.

Sin embargo, dudaba de que las cosas volvieran a ser las mismas.

Él había mantenido su promesa. La había llevado a lugares con los que jamás había soñado. En una noche exquisita y larga, le había mostrado que el amor significaba que se podía aceptar y ofrecer, tomar y dar. En la cama de Boyd había aprendido mucho más que el poder del acto sexual. Había conocido el poder de la intimidad, su serenidad y gloria. Por primera vez en años, había dormido profundamente y sin sueños.

Al despertar con él aquella mañana no se había sentido incómoda, sino sosegada. Maravillosamente sosegada. Resultaba casi imposible creer que más allá de aquella cabaña existiera otro mundo. Un mundo de dolor, peligro y miedo.

Pero sí existía. Era un mundo al que muy pronto tendría que regresar. No podía ocultarse allí... no de un hombre que la quería muerta, ni de sus propios y desdichados recuerdos. No obstante, ¿no tenía derecho a un poco más de tiempo para fingir que no importaba nada más?

No era justo. Suspiró y alzó el rostro hacia el sol moribundo. Sin importar cómo se sentía, o quizá porque sus sentimientos eran muy profundos, debía ser sincera consigo misma, y con Boyd. No permitiría que lo que había empezado entre ellos llegara más lejos. «No puedo», pensó, cerrando los ojos con fuerza. Era mejor que su corazón se rompiera un poco en ese momento a que resultara aplastado más adelante.

Él era un buen hombre. Honesto y cariñoso. Paciente, inteligente y entregado. Y era un policía.

Tembló y se encogió más.

Tenía una cicatriz justo debajo del hombro derecho. Por delante y por detrás. De una bala, el peligro que corrían todos los agentes de la ley. No le había hecho ninguna pregunta sobre cómo y cuándo le había pasado, ni lo cerca que había podido estar de la muerte, ni lo haría.

Pero tampoco podía eludir el hecho de que las cicatrices que llevaba ella eran tan reales como las de Boyd.

Simplemente no podía engañar a ninguno de los dos para creer que había un futuro para ellos. Jamás habría permitido que su relación avanzara como lo había hecho. Pero había sucedido. Eran amantes. Y aunque sabía que se trataba de un error, siempre estaría agradecida por el tiempo que había compartido con él.

Lo más lógico sería plantear las limitaciones de su relación. Sin ataduras ni obligaciones. Sin duda él apreciaría ese pragmatismo. Si los sentimientos de Cilla habían crecido demasiado en muy poco tiempo, no le quedaría más remedio que controlarlos.

Sencillamente tendría que convencerse para desenamorarse.

Boyd la encontró apoyada en la barandilla como si se esforzara en volar por encima de los pinos y de las cumbres nevadas. Con cierta frustración notó que empezaba a verla nerviosa. Se preguntó si sabría lo relajada que había estado aquella mañana cuando se estiró a su lado en su lento despertar y se volvió hacia él para que hicieran el amor despacio.

Al tocarle el pelo en ese momento, se sobresaltó antes de apoyarse contra su mano.

–Me gusta tu refugio, detective.

–Me alegro –tenía toda la intención de regresar con ella año tras año.

–No te he preguntado si lo compraste o lo hiciste construir –pasó los dedos por la barandilla y luego metió las manos en los bolsillos.

–Lo hice construir. Incluso llegué a clavar algunos clavos.

–Eres un hombre de muchos talentos. Es casi una pena disponer de un lugar así solo para los fines de semana.

–De vez en cuando lo ocupo más tiempo. Y mis padres también vienen a veces.

–Oh. ¿Viven en Denver?

–En Colorado Springs –comenzó a masajearle los músculos tensos de los hombros–. Pero viajan mucho. Son muy inquietos.

–Imagino que tu padre se sentiría decepcionado cuando no entraste en el negocio familiar.

–No. Es mi hermana quien se encarga de la tradición.

–¿Hermana? –miró por encima del hombro–. No sabía que tuvieras una.

–Hay mucho que no sabes –le dio un beso en los labios cuando ella formó un mohín–. Es muy emprendedora. Una mujer de negocios dura. Y mucho mejor de lo que habría sido yo en su puesto.

–Pero, ¿no los inquieta que seas poli?

–No creo que sea una preocupación diaria. Empiezas a quedarte fría –dijo–. Vayamos dentro, junto al fuego.

Bajaron por los escalones de atrás en dirección a la cocina.

–Mmm... ¿a qué huele?

–Estoy preparando algo de chile –se acercó a la isla central de la cocina, encima de la cual colgaban unas ollas de cobre del techo. Alzó la tapa de una cacerola y olió–. Estará listo aproximadamente en una hora.

–Te habría ayudado.

–Está bien –seleccionó una botella de burdeos de la estantería de los vinos–. La próxima vez puedes cocinar tú.

–De modo que te gustó mi especial de mantequilla de cacahuete y mermelada –intentó sonreír.

–Como los que solía prepararme mi madre.

Dudó de que su madre hubiera hecho un sándwich en la vida. La gente que tenía ese dinero también disponía de un montón de criados. Mientras se sentía como una tonta, él dejó la botella descorchada sobre la encimera para que respirara.

–¿No vas a quitarte el abrigo?

–Claro –lo colgó del perchero de detrás de la puerta–. ¿Quieres que haga algo?

–Sí. Relajarte.

–Lo estoy.

–Lo estabas –sacó dos copas–. No sé muy bien qué te ha vuelto a tensar, Cilla, pero en esta ocasión lo vamos a analizar. ¿Por qué no vas a sentarte frente al fuego? Llevaré el vino.

«Si me lee con tanta facilidad pasadas unas semanas, ¿cuánto percibirá dentro de un año?», se preguntó mientras iba al salón. Se acomodó sobre un cojín ante el fuego. No debía pensar en un año, ni siquiera en un mes. Cuando Boyd apareció con el vino, le ofreció una sonrisa más luminosa y aceptó la copa que le alargó.

–Gracias. Menos mal que no vine aquí antes de comprar mi casa. Jamás me habría conformado con una sin chimenea.

–Mírame –se sentó a su lado–. ¿Te preocupa volver al trabajo?

–No –luego suspiró–. Un poco. Confío en Thea y en ti, y sé que hacéis lo que podéis, pero estoy asustada.

–¿Confías en mí?

–Te he dicho que sí –pero no lo miró a los ojos.

–No solo como poli –con un dedo en la mejilla la obligó a mirarlo otra vez.

–Sí, no solo como poli –hizo una mueca y desvió la vista.

–Y ese es el problema –musitó él–. El hecho de que soy un poli.

–No es asunto mío.

–Los dos sabemos que no es así.

–No me gusta –convino al final–. Pero no espero que lo entiendas.

–Creo que lo entiendo –se reclinó contra el sillón y la observó mientras bebía vino–. He realizado algunas indagaciones, Cilla... necesarias para la investigación. Pero no fingiré que es el único motivo por el que lo hice.

–¿A qué te refieres?

–Busqué en tu pasado porque necesito protegerte. Y comprenderte. Me dijiste que tu madre era policía. No fue difícil averiguar qué pasó.

Ella aferró la copa con ambas manos y clavó la vista al frente, en las llamas. Después de tantos años, el dolor era igual de intenso.

–De modo que apretaste algunas teclas en el ordenador y descubriste que mi madre fue asesinada. Cumpliendo con su deber. Así lo dijeron. Cumpliendo con su deber –repitió con voz apagada–. Como si fuera parte de una descripción laboral.

–Lo es –musitó Boyd.

–Sí. Claro –lo miró unos instantes con algo de temor, luego volvió a desviar la vista–. Formaba parte de su trabajo que le pegaran un tiro aquel día. Pero qué pena lo de mi padre. Dio la casualidad de que él se hallaba en el lugar equivocado a la hora equivocada. El típico espectador inocente.

–Cilla, nada es tan en blanco y negro como eso. Ni tan simple.

–¿Simple? –rio y se apartó el pelo de la cara–. No, la palabra es *irónico*. La policía y el defensor público, que por casualidad están casados y trabajan juntos en un caso. Jamás estaban de acuerdo. No recuerdo que ni una sola vez analizaran algo desde el mismo ángulo. Cuando sucedió, habían empezado a hablar de separarse... otra vez. Solo para probar, habían dicho –frunció el ceño pensativa y estudió la copa–. Parece que me he quedado sin vino.

En silencio, él se la rellenó.

–Imagino que leíste el informe oficial –agitó levemente la copa y bebió un sorbo–. Habían llevado a interrogar a un delincuente de poca monta. Un perdedor que había sido encerrado por robo a mano armada y vender droga. Quería que estuviera presente su abogado. Habló de hacer un trato, aunque sabía que no aceptarían. Lo tenían bien pillado y le iba a costar una condena larga. En su cabeza, la culpa era de dos personas. Su abogado, y la policía que lo había detenido –era tan doloroso recordar, tratar de imaginar algo que no había visto y que había cambiado tan drásticamente su vida–. Atraparon al tipo que logró pasarle el arma –musitó–. Aún cumple condena –suavizó la garganta con otro sorbo de vino–. Allí estaban, sentados frente a frente, separados por la mesa, como podrían haber estado en su propia cocina... hablando de la ley. El hijo de perra sacó la pistola del 22 y les pegó un tiro a cada uno –clavó la vista en la copa–. Mucha gente perdió su trabajo por aquel incidente. Mis padres perdieron la vida.

–No voy a decirte que los polis no mueren por error, innecesariamente, incluso inútilmente.

–Bien –lo miró con expresión elocuente–. Y tampoco quiero oír esa mierda de lo orgullosos que debemos sentirnos de nuestros valientes agentes de azul. Maldita sea, era mi madre.

Boyd no solo había leído los informes, sino que los había estudiado. Los medios lo habían catalogado como una desgracia y una tragedia. La investigación había durado más de seis meses y, al terminar, ocho funcionarios habían dimitido o sido despedidos.

Pero por encima de los hechos, recordaba una foto. De Cilla, con el rostro embargado por el dolor, de pie junto a las dos tumbas, con Deborah de la mano.

–Fue una manera horrible de perderlos –manifestó.

–Sí –movió la cabeza–. Pero en casi todos los sentidos ya había perdido a mi madre el día que se incorporó a la policía.

–Tenía un historial impresionante –comentó él con cuidado–. Por aquel entonces no era fácil para una mujer. Y siempre resulta duro para la familia.

–¿Cómo lo sabes? –exigió–. Tú no eres quien se queda en casa a sufrir. Desde que tuve edad suficiente para entenderlo, esperaba el día en que su capitán se presentara en casa para comunicarnos que había muerto.

–Cilla, no puedes vivir la vida esperando lo peor.

–La viví esperando a una madre. Pero el trabajo siempre estaba primero... por delante de mi padre, de mí, de Deb. Jamás estuvo presente cuando la necesitaba –apartó la mano antes de que él pudiera tomarla–. No me importaba que no hiciera galletas o me doblara los calcetines. Solo quería tenerla cuando la necesitaba. Pero su familia jamás fue tan importante como la gente a la que juró proteger y servir.

–Quizá se había concentrado demasiado en su carrera –comenzó Boyd.

–No me compares con ella.

–No pensaba –enarcó las cejas. Le tomó la mano a pesar de la resistencia de ella–. Parece que lo haces tú.

–He tenido que centrarme. Ella tenía seres humanos que la querían, que la necesitaban, pero nunca se tomó el tiempo de notarlo. Solía decir que los policías no disfrutaban de horarios regulares. Ni de vidas regulares.

–No la conocí, y no puedo comentar nada sobre las elecciones que realizó, pero, ¿no crees que es hora de que dejes eso atrás y sigas adelante con tu vida?

–Lo he hecho. He hecho lo que tenía y quería hacer.

–Y tienes un susto de muerte por lo que sientes hacia mí debido a mi trabajo.

–No es solo un trabajo –comentó con desesperación–. Los dos lo sabemos.

–Muy bien –asintió–. Es lo que hago y lo que

soy. Vamos a tener que encontrar un modo de solucionarlo.

–Es tu vida –indicó con cuidado–. No te pido que cambies nada. No planeaba relacionarme contigo, pero no lo lamento.

–Gracias –musitó y se bebió lo que quedaba en su copa.

–Lo que intento decir es que si nos mostramos razonables, podremos evitar que se complique.

–No –dejó la copa.

–¿No qué?

–No quiero ser razonable y ya se ha complicado –la miró largo rato, con expresión casi sombría–. Estoy enamorado de ti –vio la sorpresa de Cilla un instante antes de que ella se apartara totalmente pálida–. Veo que es algo que te entusiasma mucho –se levantó, añadió un leño al fuego y maldijo mientras saltaban chispas.

Cilla consideró que era mejor no moverse.

–Amor es una palabra demasiado grande, Boyd. Nos conocemos desde hace solo unas semanas, y no bajo las circunstancias más ideales. Creo...

–Estoy harto de lo que crees –se volvió para observarla–. Solo dime qué sientes.

–No lo sé –era una mentira por la que se odiaría. Estaba aterrada. Y feliz. La dominaba el pesar y el anhelo–. Boyd, todo lo que ha sucedido ha sido muy deprisa. Es como si no hubiera tenido nada de control, lo cual me incomoda. No quería relacionarme contigo, pero lo he hecho. No quería quererte, pero lo hago.

–Bueno, al menos te he podido sonsacar eso.

–No me acuesto con un hombre solo porque me produzca hormigueos.

–Mejor y mejor –sonrió al levantarle la mano para besarle los dedos–. Te produzco hormigueos y me quieres. Cásate conmigo.

–No es momento para bromas –trató de liberar la mano.

–No bromeo –de pronto sus ojos mostraron una gran intensidad–. Te estoy pidiendo que te cases conmigo.

Cilla oyó el movimiento de un leño en la chimenea. Vio el destello de una llama al proyectar luz y sombra sobre la cara de él. Su mano era cálida y firme, paciente. El esfuerzo de respirar la mareó.

–Boyd...

–Estoy enamorado de ti, Cilla –despacio, sin quitarle los ojos de encima, la acercó y la besó con suavidad–. Solo quiero tener unos cincuenta o sesenta años para demostrártelo –bajó los labios hasta su cuello y la echó sobre la alfombra–. ¿Es mucho pedir?

–No... Sí –se llevó una mano al pecho y trató de despejar la cabeza–. Boyd, no voy a casarme con nadie.

–Claro que sí –le mordisqueó los labios mientras la acariciaba para relajarla–. Solo tienes que acostumbrarte al hecho de que será conmigo –profundizó el beso hasta que eliminó toda resistencia–. Estoy dispuesto a darte tiempo –sonrió al sentir el cosquilleo de su protesta murmurada sobre los labios–. Uno o dos días. Quizá una semana.

–Ya he cometido un error –movió la cabeza–. No pienso repetirlo jamás.

Le tomó el mentón con un movimiento tan rápido que ella abrió los ojos y en su cara vio una furia tan rara en él que le pareció peligrosa.

–Nunca me compares con tu ex marido –ella quiso hablar, pero los dedos de Boyd la silenciaron–. Nunca compares lo que siento por ti con lo que ha sentido alguna vez otro.

–No te comparaba –tenía el corazón desbocado–. Es por mí. Fue mi error, solo mío. Y jamás voy a repetirlo.

–Hacen falta dos personas, maldita sea –colérico, se situó encima de ella y le tomó las dos manos–. Si quieres jugar de esa manera, perfecto. Pero hazte una pregunta, Cilla. ¿Alguien te ha hecho sentir así?

Bajó la boca para tomar la suya con un beso ardiente y rudo que hizo que Cilla se arqueara contra él. ¿En protesta? ¿En placer? Ni siquiera ella lo sabía. Las sensaciones la recorrieron como miles de estrellas remolineantes, puro calor y luz. Antes de poder respirar, se vio arrojada a la tormenta.

«No», gritó mentalmente. «Nadie. Jamás». Solo él le había provocado ese anhelo y necesidad. Al pegar el cuerpo contra el suyo, luchó por recordar que no bastaba querer. Que no siempre bastaba tener.

Azotado por la furia y la frustración, aplastó la boca sobre la de Cilla una y otra vez. Aunque solo fuera por un momento, le demostraría que lo que tenían era único. No pensaría en nadie, no recordaría nada. Solo a él.

La reacción de ella lo sacudió. El ronroneo ínfimo y desvalido que soltó lo atravesó como una llama que lo consumiera. El gentil acto de amor que habían iniciado durante la noche se vio sustituido por un hambre salvaje y urgente que no dejó espacio para las palabras tiernas y las caricias suaves.

Pero Cilla no las quería. Vivía una tormenta nueva de necesidades frenéticas que exigían velocidad y poder. «Date prisa», separó las manos de las de Boyd para tirar de su camisa. «Tócame». Sus gemidos se mezclaron mientras sus pieles se unían. «Más». Con un ímpetu nuevo, se puso encima de él para tomarle la boca en una carrera desenfrenada sobre su cuerpo. Y siguió sin bastar.

Con respiración entrecortada, Boyd le quitó la ropa sin importarle qué desgarraba. Una única necesidad se imponía sobre las demás. Poseer. Las manos asieron. Los dedos presionaron. Las bocas devoraron.

Ágil y eléctrica, Cilla se movió encima de él. El rostro le brillaba, frágil porcelana a la luz del fuego. El cuerpo arqueado, magnífico en su nuevo poder, centelleaba de pasión, temblando, fortalecido.

Durante un momento glorioso se irguió como una hechicera sobre Boyd, con la cabeza echada hacia atrás al perderse en esa maravilla. Su cuerpo experimentó temblores, una, dos veces, a medida que unas explosiones separadas estallaban dentro de ella. Incluso al jadear, él le tomó las caderas y se enfundó en su interior.

La llenó, y no solo físicamente. Aun a través del devastador placer, Cilla lo entendió. Él, solo él, había encontrado la llave que abría todas y cada una de sus partes. Él, solo él, había encontrado el camino hacia su corazón, su mente. Y de algún modo, sin siquiera intentarlo, a ella le había sucedido lo mismo.

No quería amarlo. Le tomó las manos y las apretó con fuerza. No quería necesitarlo. Abrió los ojos y lo miró. Boyd tenía los ojos oscuros y clavados en ella. Supo, aunque no hizo falta hablarlo, que él entendía todo lo que pasaba por su cabeza.

Con un suspiro que era mezcla de desesperación y deleite, se inclinó para besarlo.

Él pudo probar sus necesidades y temores. Estaba decidido a explotar las primeras y a desterrar los segundos. Hundido en ella, se irguió para poder abrazarla. Cilla le clavó los dedos en la espalda. Su grito de liberación sonó apagado contra su boca segundos antes de que también Boyd se dejara llevar.

Metida en una bata grande y con unos calcetines gruesos en los pies, Cilla probó el chile. Le gustaba estar sentada bajo la dorada luz de la cocina mientras contemplaba el manto de nieve en el exterior y oía el tranquilo gemido del viento entre los pinos. Lo que la sorprendía, y que aún no estaba dispuesta a analizar, era la sensación de pesar porque el fin de semana ya casi se hubiera terminado.

–¿Y bien?

Al oír la pregunta de Boyd, desvió la vista de la ventana. Él estaba sentado enfrente, con el pelo aún revuelto. Como ella, solo llevaba puestos una bata y unos calcetines. Aunque no tenía sentido, la comida le resultaba tan íntima como hacer el amor delante de la chimenea.

–¿Y bien qué?

–¿Cómo está el chile?

–El... Oh –se llevó otro poco a la boca, sin saber si se sentía aliviada o desilusionada–. Fantástico –nerviosa otra vez, alargó la mano hacia la copa de vino–. Habría imaginado que alguien de tu posición tendría cocinera y no sabría freír ni un huevo.

–¿En mi posición?

–Quiero decir que, si yo pudiera contratar a una

cocinera, no me molestaría en preparar ni un sándwich.

Le divertía que su dinero hiciera que se sintiera incómoda.

–Después de casarnos, si quieres podemos tener una.

–No voy a casarme contigo –con cuidado dejó la cuchara.

–¿Quieres apostarlo? –sonrió.

–No se trata de un juego.

–Desde luego que sí. El más importante.

Ella emitió un suspiro de frustración. Volvió a recoger la cuchara y comenzó a hacerla sonar sobre la madera.

–Es una actitud tan típicamente masculina. Todo es un juego. Tú Tarzán, yo estúpida –su risa solo sirvió para enfurecerla más–. ¿Por qué creerán los hombres que las mujeres no pueden resistirlos: por el sexo, la compañía o por manejar los detalles de la vida? «Oh, Cilla, me necesitas. Oh, Cilla, quiero cuidar de ti. Quiero mostrarte lo que es la vida».

–No recuerdo haber dicho ninguna de esas cosas –comentó tras meditarlo unos momentos–. Creo que lo que dije era que te amaba y que quería casarme contigo.

–Es lo mismo.

–Ni siquiera se le aproxima –continuó comiendo, impasible.

–Bueno, yo no me quiero casar contigo, pero estoy segura de que eso no cambiará nada. Jamás lo hace.

–Te advertí de que no me compararas con él –la miró fijamente–. Hablaba en serio.

–No hablo solo de Paul. Ni siquiera pensaba en

él –apartó el plato y se levantó para encender un cigarrillo–. Hace años que no pienso en él –soltó el humo–. Y si quiero compararte con otros hombres, lo haré.

–¿Cuántos hombres te han pedido que te cases con ellos?

–Docenas –se trataba de una exageración, pero no le importaba–. Sin embargo, he encontrado la fuerza para resistirme.

–No estabas enamorada de ellos –señaló con calma.

–No estoy enamorada de ti –afirmó con un deje de desesperación, y tuvo la horrible sensación de que ambos sabían que mentía.

Él lo sabía, pero incluso así dolía.

–Estás loca por mí, O'Roarke. Lo que pasa es que eres demasiado testaruda para admitirlo.

–¿Testaruda? –contuvo un grito y aplastó el cigarrillo–. Me asombra que tengas el descaro de decirme eso. No has hecho caso de ninguna de mis negativas desde el día que te conocí.

–Tienes razón –la recorrió con la vista–. Y mira lo que he conseguido.

–No seas presumido. No voy a casarme contigo, porque no quiero casarme, porque eres un poli y porque eres rico.

–Vas a casarte conmigo –contradijo–, porque los dos sabemos que serías desdichada sin mí.

–Tu arrogancia es intolerable. Y patética.

–Prefiero ser presumido –decidió.

–¿Sabes?, no eres el primer pesado al que he tenido que quitarme de encima –recogió la copa de vino antes de comenzar a ir de un lado a otro–. En mi trabajo, terminas por adquirir práctica en eso

–giró y le apuntó con un dedo–. Eres casi tan pesado como ese chico con el que tuve que vérmelas en Chicago. Hasta ahora, él era el que ocupaba el primer puesto de arrogancia. Pero ni siquiera él aguantó sentado con una sonrisa estúpida en la cara. Con él eran flores y poesía. No obstante, era igual de pertinaz. También estaba enamorada de él, pero me negaba a reconocerlo. Lo necesitaba para que cuidara de mí, me protegiera y completara mi vida. ¡Qué descaro! Antes de que aparecieras tú, pensé que nadie lo superaría. Me seguía a la emisora –musitó–. Aparecía en mi apartamento. Me envió un anillo de compromiso.

–¿Te compró un anillo?

–Que no te inspire, detective.

–Has dicho que te compró un anillo –insistió con voz serena–. ¿Un diamante?

–No lo sé –se pasó una mano por el pelo–. No pedí que me lo valoraran. Se lo devolví.

–¿Cómo se llamaba?

–Ni sé por qué he sacado el tema –agitó una mano–. Lo que intento decirte...

–Te he preguntado cómo se llamaba –se levantó.

–Yo... –dio un paso atrás, desconcertada. Ya no era Boyd, sino un policía–. John algo. McGill... No, McGillis. Mira, era un pesado. Solo lo mencioné porque...

–No trabajaste con ningún John McGillis en Chicago.

–No –irritada consigo misma, se sentó–. Nos estamos desviando del tema, Boyd.

–Te pedí que mencionaras a todas las personas con las que te hubieras visto involucrada.

–No estuve involucrada con él. Solo era un chico.

Embobado o algo por el estilo. Escuchaba el programa y se quedó colgado conmigo. Cometí el error de mostrarme agradable con él y lo malinterpretó. Con el tiempo se lo aclaré, y ahí se acabó todo.

–¿Cuánto tiempo? –inquirió Boyd–. ¿Cuánto tiempo te molestó?

Cilla se sentía más tonta por momentos. Apenas recordaba la cara del chico.

–Tres o cuatro meses, tal vez.

–Tres o cuatro meses –repitió. La tomó por los brazos y la levantó del suelo–. ¿Insistió durante tres o cuatro meses y no me lo mencionaste?

–Nunca pensé en ello.

Apenas pudo resistir la tentación de sacudirla.

–Quiero que me cuentes todo lo que recuerdes de él. Todo lo que dijo e hizo.

–No lo recuerdo.

–Será mejor que lo hagas –la soltó y retrocedió–. Siéntate.

–De acuerdo –obedeció–. Trabajaba en un mercado por la noche y escuchaba el programa. Llamaba en sus ratos de descanso y hablábamos un poco. Le ponía los discos que pedía. Un día fui a una presentación, no recuerdo dónde, y él apareció. Parecía un chico agradable. Veintitrés o veinticuatro años, imagino –recordó–. Tenía un atractivo infantil, inofensivo. Le di un autógrafo. Después de aquello comenzó a escribirme a la emisora. Me enviaba poemas. Cosas dulces y románticas. Ninguna insinuación.

–Continúa.

–Boyd, de verdad...

–Continúa.

Musitó un juramento.

–Al darme cuenta de la insistencia que adquiría, me

distancié. Me invitó a salir y le dije que no –abochornada, suspiró–. En un par de ocasiones me esperó en el aparcamiento al finalizar mi turno. Jamás me tocó. No me inspiraba miedo. Resultaba tan patético que me daba pena, y ese fue otro error, ya que volvió a malinterpretarlo. Imagino que me siguió a casa, porque empezó a aparecer en el apartamento. Me dejaba flores y deslizaba notas por debajo de la puerta.

–¿Alguna vez intentó entrar?

–Jamás. Te he dicho que era inofensivo.

–Cuéntame más.

–Me suplicó –se pasó las manos por la cara–. Dijo que me amaba, que siempre me amaría y que estábamos destinados el uno al otro. Y que también sabía que yo lo amaba. Fue a peor. Cuando llamaba empezaba a llorar. Hablaba de suicidarse si no me casaba con él. Me envió el anillo y se lo devolví con una carta. Fui cruel. Sentí que tenía que serlo. Ya había aceptado el trabajo aquí en Denver. Nos trasladamos unas semanas después del incidente del anillo.

–¿Se ha puesto en contacto contigo desde que estás en Denver?

–No. Y no es él quien llama. Sé que reconocería su voz. Además, jamás me amenazó. Nunca. Estaba obsesionado, pero no era violento.

–Voy a comprobarlo –se levantó y extendió una mano–. Será mejor que duermas un poco. Nos marcharemos temprano.

Ella no durmió. Tampoco él. Permanecieron en la oscuridad, en silencio; otra persona también mantuvo vigilia durante la noche.

Encendió las velas. Unas nuevas que había comprado aquella tarde. Sus mechas eran tan blancas como la luna. Se oscurecieron y encendieron cuando acercó la cerilla. Se acostó en la oscuridad con la foto pegada a su pecho desnudo... sobre las hojas cruzadas de los cuchillos tatuados.

Aunque se hizo tarde, se mantuvo alerta. La ira lo alimentaba. La ira y el odio. A su lado sonaba la radio, pero no era la voz de Cilla.

Ella se había ido. Sabía que estaba con ese hombre y que se habría entregado a él. No tenía derecho a marcharse. Pertenecía a John. A John y a él.

Era hermosa, tal como John la había descrito. Tenía unos ojos engañosamente amables. Pero a él no lo embaucaba. Era cruel. Malvada. Y merecía morir. Casi con cariño, bajó una mano al cuchillo que tenía a su lado.

Podría matarla tal como le habían enseñado. Con celeridad y limpieza. Pero de esa manera obtendría poca satisfacción, lo sabía. Quería que primero sufriera. Quería que suplicara. Tal como había suplicado John.

Cuando estuviera muerta, se reuniría con John. Y su hermano al fin descansaría. Y también él.

10

La calefacción era excesiva en la comisaría. Mientras el encargado de mantenimiento hurgaba en la caldera defectuosa, Boyd repasaba unos ficheros. No llevaba puesta la chaqueta. La pistolera le ceñía el pecho sobre una camiseta con el logo del departamento que había visto muchos lavados. Había abierto una ventana en la sala de reuniones para que la brisa del exterior combatiera el calor que salía de los conductos.

Dos de los casos que tenía estaban prácticamente resueltos y acababa de hallar una pista en el fraude de extorsión en el que Althea y él hacía tiempo que trabajaban. Al final de la semana tenía que ir a declarar al juzgado, y debía redactar informes y hacer llamadas, aunque su atención se hallaba concentrada en O'Roarke, Priscilla A.

Sin prestar atención al sudor que le bajaba por la espalda, leyó el historial de Jim Jackson, el hombre que tenía el programa nocturno en la KHIP. Lo interesaba e irritaba.

Cilla no se había molestado en mencionar que ya había trabajado con Jackson, en Richmond. Ni que lo habían despedido por beber en la emisora. No solo había divagado por el micrófono, sino que había empezado a dormitar y a dejar a los oyentes con lo que estaba prohibido en la radio. Silencio.

En Richmond había perdido a su mujer, su casa y su puesto como locutor musical en la mejor franja horaria de la mañana.

Entonces había sido suplido por Cilla. A los seis meses el programa alcanzó el número uno de audiencia. Y Jackson había sido despedido por borracho y problemático.

Cuando Althea entró en la sala con dos latas frías de refrescos, Boyd le empujó el historial de Jackson por la mesa. Sin decir nada, ella le pasó una lata, abrió la suya y le echó un vistazo al fichero.

–Está limpio salvo por un par de altercados –comentó Thea.

–La venganza ocupa un puesto importante con estas personas. ¿Es posible que se sienta agraviado porque Cilla lo sustituyera en Richmond y superara sus niveles de audiencia? –bebió un trago–. Solo lleva tres meses con su programa nocturno en Denver. El director de la emisora de Richmond afirma que Jackson se encolerizó cuando lo despidieron. Soltó unas amenazas y culpó a Cilla de socavar su puesto. Además, añádele un serio problema con la bebida.

–¿Quieres que lo interroguemos?

–Sí.

–De acuerdo. ¿Por qué no matamos dos pájaros de un tiro? –recogió el historial de Nick Peters–. Este tipo parece inofensivo... pero ya he salido con hombres de aspecto inofensivo y sé que pueden resultar engañosos. No sale con nadie –se quitó la chaqueta de color turquesa y la colocó con cuidado en el respaldo de una silla–. Resulta que Deborah tiene un par de clases con él. Durante el fin de semana mencionó que siempre le está pidiendo información sobre Cilla. Cosas personales. Como las flores que le gustan, su color favorito y si sale con alguien.

Del bolsillo de la falda sacó una bolsa de caramelos. Después de pensárselo, eligió uno amarillo.

–Al parecer se molestó cuando Deborah mencionó que Cilla ya había estado casada. Deborah no le dio mucha importancia en su momento... lo achacó a que era algo raro. Pero estaba lo bastante preocupada como para mencionármelo el fin de semana. Es una buena chica –comentó–. Muy inteligente. Y absolutamente entregada a su hermana –titubeó–. En estos días me habló de sus padres.

–Ya hemos cubierto ese terreno.

–Lo sé –Althea recogió un bolígrafo, jugueteó con él y volvió a dejarlo–. Deborah cree que eres bueno para su hermana –esperó hasta que Boyd alzó la vista–. Me pregunto si su hermana es buena para ti.

–Puedo cuidar de mí mismo, compañera.

–Estás demasiado metido, Boyd. Si el capitán supiera que te has implicado personalmente en un caso, te lo quitaría. Y con razón.

Estudió el rostro de Althea, un rostro que conocía tan bien como el suyo propio. Controló su furia.

–Aún puedo hacer mi trabajo, Thea. Si tuviera alguna duda al respecto, yo mismo me apartaría.

–¿De verdad?

–Sí –entrecerró los ojos–. Mi primera prioridad es su seguridad. Si quieres ir a ver al capitán, estás en tu derecho. Pero voy a cuidar de Cilla, de un modo u otro.

–Eres tú quien va a salir herido –murmuró–. De un modo u otro.

–Es mi vida. Mi problema.

La ira que ella había esperado controlar, emergió a la superficie.

–Maldita sea, Boyd. Una cosa era cuando estabas cautivado por su voz. Ni siquiera lo consideré un problema cuando la conociste y salieron algunas chispas. Pero ahora que empiezas a hablar de algo importante como el matrimonio, sé que vas en serio. Tiene problemas. Boyd, ella representa problemas.

–A ti y a mí se nos ha asignado ocuparnos de los problemas que tiene. En cuanto a lo demás, es asunto mío, Thea, así que guárdate los consejos.

–Perfecto –irritada, abrió otro historial–. Bob Williams, Wild Bob, está tan limpio que reluce. No he logrado descubrir ni una sola conexión con Cilla aparte de la laboral. Tiene un buen matrimonio, va a misa y todo eso.

–Tampoco ha aparecido nada con los locutores del turno de la mañana –bebió otro sorbo de refresco y deseó que fuera una cerveza helada.

–En la KHIP son una familia grande y feliz.

–Eso parece. Harrison da la impresión de estar limpio, pero sigo comprobándolo. Es quien la contrató, y fue tras ella de forma muy activa, ofreciéndole un aumento sustancial y beneficios para convencerla de cambiar a la KHIP y trasladarse a Denver.

–¿Qué has sabido de ese tal McGillis? –eligió con meticulosidad otro caramelo.

–Espero una llamada de Chicago –abrió otro historial–. Queda el encargado de mantenimiento. Billy Lomus. Veterano de guerra. Recibió el Corazón Púrpura y la Estrella de Plata en Vietnam. Realizó dos misiones antes de que lo hirieran en la pierna. Parece un solitario. Jamás se queda en un sitio más de un año. Hace un par de años estuvo en Chicago. No tiene familia ni amigos íntimos. Se estableció en Denver hace unos cuatro años. De niño estuvo en hogares adoptivos.

–Una vida dura –no alzó la vista.

–Sí –Boyd estudió su cabeza inclinada. Pocos sabían que de niña Althea había pasado de un hogar adoptivo a otro–. No parece que dentro de la emisora vayamos a tener mucha suerte.

–No. Quizá nos vaya mejor con McGillis –levantó la vista, el rostro sereno, la voz normal. Solo alguien que la conociera bien sabría que aún seguía enfadada–. ¿Quieres empezar con Jackson o Peters?

–Jackson.

–De acuerdo. Primero probaremos lo más fácil. Lo llamaré y le pediré que venga.

–Gracias. Thea –añadió antes de que ella pudiera incorporarse–, debes experimentarlo antes de poder entenderlo. No puedo desconectar mis sentimientos ni darle la espalda a lo que me han entrenado para hacer.

–Solo ten cuidado de dónde pisas, compañero –suspiró.

Eso pretendía hacer. Y mientras tanto, vigilaría

dónde pisaba Cilla. Estaba seguro de que eso no le gustaría, ya que desde el momento en que le había declarado que la amaba, ella había intentado dar marcha atrás.

Pero no le tenía miedo a él, sino a sí misma. Cuanto más profundos eran sus sentimientos, más la asustaba reconocerlos. No había creído que llegara a necesitar las palabras. Pero así era. Necesitaba que lo mirara y que le dijera que lo amaba.

Una sonrisa, un contacto, un gemido en la oscuridad... eso no bastaba. No con Cilla. Necesitaba el vínculo y la promesa, esa conexión verbal. «Dos palabras», pensó. Una simple frase que a menudo salía con facilidad era capaz de cambiar la estructura de la vida de unas personas.

Si alguna vez conseguía proyectarlas más allá de las dudas, de las barreras defensivas, del temor a ser herida, las diría con todo su corazón. «Es todo lo que necesito», decidió. Y jamás permitiría que las retirara.

Sin embargo, de momento tenía que hacer a un lado sus propios deseos y necesidades y ser un policía. Para mantenerla a salvo, tendría que hacer lo que ella más temía. Por el bien de Cilla, no podía permitirse el lujo de pensar demasiado en el rumbo que seguirían sus vidas en cuanto cerrara los ficheros.

–¿Boyd? –Althea asomó la cabeza–. Jackson viene hacia aquí.

–Bien. Podremos contar con Peters antes de que tenga que entrar en la emisora. Quiero que... –calló cuando sonó el teléfono que había a su lado–. Fletcher –con un gesto le indicó a Althea que entrara–. Sí. Agradezco que lo hayan comprobado por mí –tapó el auricular un momento–. Policía de Chicago. Eso es –continuó–. John McGillis –comenzó a tomar notas con un bolígrafo. En mitad de una palabra se detuvo y apretó los dedos–. ¿Cuándo? –soltó un juramento–. ¿Algún familiar? ¿Dejó una nota? ¿Podría enviármela por fax? Sí –en el bloc de notas escribió en letra de imprenta: *Suicidio.* Althea se sentó en silencio sobre la mesa–. Cualquier cosa. ¿Seguro que no tenía un hermano? No. Muchas gracias, sargento –colgó y tamborileó con el bolígrafo–. Hijo de puta.

–¿Estamos seguros de que se trata del mismo McGillis? –inquirió Althea.

–Sí. Cilla me dio la información que tenía de él, además de su descripción física. Es el mismo tipo. Se suicidó hace unos cinco meses –suspiró–. Se abrió las venas con un cuchillo de caza.

–Encaja, Boyd –Althea se inclinó para comprobar sus notas–. Dijiste que McGillis estaba obsesionado con Cilla, que había amenazado con matarse si ella no respondía. El tipo del teléfono la culpa por la muerte de su hermano.

–McGillis no tenía hermanos. Era hijo único, le sobrevive su madre.

–Hermano podría aludir a un término emocional. Mejor amigo.

–Tal vez –sabía que encajaba. Lo que lo preocupaba era cómo iba a reaccionar Cilla–. La policía de Chicago está cooperando. Nos va a enviar la información que posee. Pero quizá valga la pena hacer un viaje al este. Tal vez su madre nos dé una pista.

–¿Vas a contárselo a Cilla? –inquirio Thea.

–Sí. Primero hablaremos con Jackson y Peters

para ver si logramos establecer una conexión con McGillis.

Al otro lado de la ciudad, Cilla salió de la ducha para contestar al teléfono. Quería que fuera Boyd, que le dijera que había averiguado que John McGillis llevaba una vida feliz en Chicago. Con el pelo mojado, alzó el auricular.

–Hola.

–¿Te acostaste con él? ¿Dejaste que te tocara?

Las manos húmedas le temblaron al sostener el teléfono.

–¿Qué quieres?

–¿Le hiciste promesas igual que a mi hermano? ¿Sabe que eres una puta y una asesina?

–No. No lo soy. No sé por qué...

–Él también tendrá que morir.

Se le heló la sangre. El miedo que había creído llegar a entender le atenazó la garganta.

–¡No! Boyd no tiene nada que ver con esto. Es... es entre tú y yo, tal como has dicho en todo momento.

–Ya se ha implicado. Él realizó su elección, como tú al matar a mi hermano. Cuando haya acabado con él, iré a buscarte. ¿Recuerdas lo que voy a hacerte? ¿Lo recuerdas?

–No tienes que lastimar a Boyd. Por favor. Por favor, haré lo que quieras.

–Sí, lo harás –emitió una risa espectral–. Harás lo que sea.

–Por favor. No le hagas daño –siguió gritando hasta mucho después de que la línea se cortara. Con un sollozo que le desgarró la garganta, colgó y corrió al dormitorio para vestirse.

Tenía que hablar con Boyd. Verlo. Cerciorarse de que se hallaba ileso. Y advertirlo. No podía perder a alguien a quien amaba.

Con el pelo aún húmedo, bajó corriendo las escaleras y abrió la puerta. A punto estuvo de chocar con Nick Peters.

–Oh, Dios –se llevó las manos al pecho–. Nick.

–Lo siento –con manos nerviosas, se subió las gafas–. No quería asustarte.

–He de irme –hurgó en el bolso en busca de las llaves–. Ha llamado. He de ver a Boyd. Tengo que contárselo.

–Aguarda –recogió las llaves que ella había dejado caer–. No estás en condiciones de viajar.

–He de ver a Boyd –dijo con desesperación, aferrando a Nick por la chaqueta–. Dijo que lo iba a matar.

–Estás obsesionada con ese poli –Nick apretó los labios–. Da la impresión de que sabe cuidar de sí mismo.

–No lo entiendes –comenzó.

–Claro que lo entiendo. Lo entiendo muy bien. Te fuiste con él.

La nota de acusación que percibió la sorprendió y la puso lo bastante nerviosa como para mirar en dirección al patrullero que había frente a su casa. Pero comprendió que era una tontería tener miedo de Nick.

–Nick, lo siento, pero en este momento no tengo tiempo para hablar. ¿Podemos discutirlo más tarde, en la emisora?

–He renunciado –espetó–. Esta mañana.

–Oh, ¿por qué? Lo hacías muy bien. Tenías un futuro en la KHIP.

–Tú ni siquiera lo sabes –musitó con amargura–. Ni te importa.

–Te equivocas –al alargar la mano para tocarle el brazo, él lo apartó.

–Dejaste que quedara como un tonto por ti.

–Nick, no –movió la cabeza. Esperó que no se repitiera la misma historia.

–Ni siquiera dejabas que me acercara, y entonces aparece él y se termina antes de permitir que empiece. Ahora quieren que vaya a la comisaría. Quieren interrogarme –le temblaron los labios–. Creen que soy yo quien te ha estado llamando.

–Tiene que haber un error...

–¿Cómo has podido? –gritó–. ¿Cómo podías creer que quería hacerte daño? –le devolvió las llaves–. Solo he venido para comunicarte que ya no trabajo en la emisora, que no tendrás que preocuparte de que vuelva a molestarte.

–Nick, por favor. Espera –pero ya iba hacia su coche. En ningún momento miró atrás.

Sintió las piernas débiles y se sentó en el primer escalón del porche. Necesitaba un momento para relajarse antes de ponerse al volante.

«¿Cómo he podido ser tan estúpida y ciega para no ver que el orgullo y el ego de Nick estaban en juego?». Lo había herido con su indiferencia. De algún modo tenía que arreglar el caos en que se había convertido su vida. Luego compensaría todo lo demás.

Más serena, se levantó, cerró la puerta y fue al coche.

Odiaba las comisarías, desde siempre. Caminó por el pasillo y oyó sonar los teléfonos y el incesante sonido de voces. Se detuvo ante una puerta y estudió la estancia.

Era diferente de la habitación atestada en la que había trabajado y muerto su madre. Allí había más espacio, menos suciedad, y se veían varios ordenadores. El sonido de las teclas era un ritmo constante.

Había hombres y mujeres, sin chaquetas, con las camisas sudadas, aunque en el exterior hacía frío. En un banco cercano, una mujer mecía a un bebé en brazos mientras un policía intentaba distraerlo haciendo sonar unas esposas. Del otro lado de la sala, una adolescente le daba información a una mujer policía enfundada en vaqueros y una sudadera. Las lágrimas caían por el rostro de la joven.

Y Cilla recordó.

Recordó estar sentada en un rincón de una sala más pequeña, calurosa y sucia que esa. Tenía cinco o seis años, y la niñera había llamado para decir que no podía ir por una indisposición estomacal. Su madre la había llevado al trabajo, debido a que tenía que redactar un informe que no podía esperar. De modo que Cilla se había sentado en un rincón con una muñeca, escuchando sonar los teléfonos y las voces. Y esperando que su madre la llevara a casa.

Recordó un dispensador de agua. Y un ventilador de techo. Durante horas había observado las burbujas del agua y el movimiento de las aspas. Su madre la había olvidado. Hasta que dominada por el mismo virus que su niñera, Cilla había vomitado el desayuno en el suelo.

Se pasó una mano trémula por la frente. «No es más que un recuerdo antiguo», se dijo. Y ni siquiera completo. Después de vomitar, su madre la había limpiado, la había abrazado, llevado a casa y cuidado el resto del día. No era justo para nadie recordar solo el lado desdichado.

Pero allí de pie sintió con mucha claridad las náuseas, el sudor frío y la angustia de estar sola y olvidada.

Entonces lo vio salir de otro cuarto. Tenía la parte frontal de la camiseta mojada por el sudor. Jackson iba detrás de él, con el rostro sudoroso y nervioso. Lo flanqueaba Althea.

Jackson la vio primero. Avanzó un paso vacilante hacia ella, luego se detuvo y se encogió de hombros. Cilla no titubeó. Se dirigió hacia él para tomarle la mano con las dos suyas.

–¿Estás bien?

–Claro –volvió a encogerse de hombros, pero le apretó las manos–. Solo hemos tenido que aclarar unas cosas. Nada serio.

–Lo siento. Si necesitas hablar, espérame.

–No, estoy bien. De verdad –alzó una mano para ajustarse la gorra–. Supongo que si la fastidiaste una vez, siempre pagas por ello.

–Oh, Jim.

–Eh, lo llevo bien –le sonrió–. Nos veremos esta noche.

–Desde luego.

–Agradecemos su cooperación, señor Jackson –dijo Althea.

–Ya se lo he dicho, cualquier cosa que pueda hacer para ayudar a Cilla, lo haré. Estoy en deuda contigo –le dijo a ella, cortándola antes de que pudiera mover la cabeza–. Estoy en deuda contigo –repitió, luego caminó hacia el corredor.

–Podría haberos dicho que perdíais el tiempo con él –afirmó Cilla.

–Podrías habernos dicho muchas cosas –Boyd asintió.

–Tal vez –lo miró–. Necesitaba hablar con vosotros dos.

–Muy bien –le indicó la sala de interrogatorios–. Ahí dentro se está un poco más tranquilo.

–¿Quieres beber algo frío? –preguntó Althea antes de que se sentaran–. Creo que ya han arreglado el aire, aunque aún es como un horno aquí.

–No, gracias. No tardaré mucho –se sentó. Althea ocupó una silla frente a ella y Boyd la cabecera de la mesa. Quería elegir las palabras con mucho cuidado–. ¿Puedo preguntaros por qué habéis traído a Jackson?

–Trabajasteis juntos en Richmond –Boyd apartó una carpeta–. Tuvo un problema con el alcohol que hizo que lo despidieran y tú ocupaste su puesto. No se mostró muy contento en aquella época.

–No, no lo estuvo.

–¿Por qué no nos hablaste de ello, Cilla?

–No lo pensé –alzó una mano–. De verdad que no lo pensé. Fue hace mucho tiempo, y Jackson lo ha dejado todo atrás. Seguro que os ha contado que estuvo yendo a Alcohólicos Anónimos durante tres años. Fue a verme a Chicago. Quería comunicarme que no me culpaba por lo sucedido. Desde entonces ha estado rehaciendo su vida.

–Tú le conseguiste el trabajo en la KHIP –añadió Boyd.

–Hablé bien de él –dijo–. Yo no soy quien contrata. Era un amigo y necesitaba una oportunidad.

Sobrio, Jackson es uno de los mejores. Y es incapaz de hacerle daño a una mosca.

–Y cuando está ebrio, destroza bares, amenaza a mujeres y empotra su coche contra postes telefónicos.

–Eso fue hace mucho tiempo –intentó mantenerse serena–. Y la cuestión es que ahora siempre está sobrio. Hay cosas que se han de olvidar y perdonar.

–Sí –la observó fijamente–. Las hay.

Cilla pensó otra vez en su madre y en aquel doloroso recuerdo en la comisaría.

–En realidad, no he venido para hablar de Jackson. Recibí otra llamada en casa.

–Lo sabemos –intervino Althea con voz profesional–. Nos transmitieron la información aquí.

–Entonces sabéis lo que ha dicho –al ver que la mirada fría de Althea no mostraba simpatía, se volvió hacia Boyd–. Ahora quiere hacerte daño a ti. Sabe que estás relacionado conmigo y te ha incorporado a sus planes enfermos.

–Rastrearon la llamada a otra cabina, a un par de manzanas de tu casa –comenzó Boyd.

–¿No me has oído? –aporreó un puño sobre la mesa. Los bolígrafos se movieron–. Va a tratar de matarte también a ti.

No le tomó la mano para tranquilizarla. En ese momento lo necesitaba más profesionalmente que personalmente.

–Como soy yo quien te protege, lo habría intentado en todo momento. Nada ha cambiado.

–Todo ha cambiado –estalló–. No le importa que seas policía o no, solo que estás conmigo. Te quiero fuera del caso. No te quiero cerca de mí hasta que todo haya acabado.

–No seas ridícula.

–No lo soy. Soy práctica –miró a Althea con expresión de súplica–. Háblale. A ti te escuchará.

–Lo siento –repuso tras un momento–. Estoy de acuerdo con él. Los dos tenemos un trabajo que hacer, y en este momento eres tú.

–Me presentaré a ver a tu capitán –desesperada, volvió a concentrarse en Boyd.

–Ya está al corriente de la llamada.

–Le diré que me acuesto contigo –se puso de pie de un salto.

–Siéntate, Cilla.

–Insistiré en que te quite del caso.

–Siéntate –repitió Boyd con voz suave, pero en esa ocasión ella obedeció–. Puedes ir a ver al capitán y solicitar que te asignen a otro detective. Puedes exigirlo. No marcará ninguna diferencia. Si me quita del caso, le entregaré mi placa.

–No te creo.

–Inténtalo.

Cilla comprendió que estaba muy sereno. Y demasiado decidido. «Como una pared de ladrillos», pensó desesperada. Enfrentarse con él de esa manera era inútil.

–Boyd, ¿no comprendes que no podría soportar que te pasara algo?

–Sí –manifestó despacio–. Creo que sí. Pero tú deberías comprender que soy igual de vulnerable en lo concerniente a ti.

–Ahí radica todo –le tomó las manos–. Eres vulnerable. Escúchame –consternada, se llevó una mano de él a la mejilla–. Durante ocho años me he preguntado si de haber habido otra persona en aquella sala con mi madre, otra persona que no fuera mi padre, ella hubiera estado más alerta y concentrada. No me obligues a hacerme la misma pregunta sobre ti el resto de mi vida.

–Tu madre no estaba preparada. Yo sí.

–Nada de lo que diga te hará cambiar de parecer.

–No. Te amo, Cilla. Uno de estos días tendrás que aprender a aceptarlo. Mientras tanto, deberás confiar en mí.

–Entonces no hay nada más que decir –apartó las manos y las dejó caer en el regazo.

–Queda una cosa –acercó una carpeta–. John McGillis.

–¿Qué pasa con él? –se llevó las manos a los ojos; empezaba a dolerle la cabeza.

–Está muerto.

–¿Muerto? –despacio, las bajó–. Pero si solo era un chico. ¿Estás seguro de que se trata de la misma persona?

–Sí –el hombre deseó poder ahorrarle eso. El policía sabía que era imposible–. Se suicidó hace unos cinco meses –durante un momento ella solo lo miró. Se quedó pálida.

–Oh, Dios. Santo cielo. Él... amenazó con ello, pero no le creí...

–Era una persona inestable, Cilla. Desde los catorce años había seguido una terapia de forma intermitente. Problemas con su madre, en el colegio, con sus compañeros. Ya había intentado suicidarse dos veces.

–Pero era tan tranquilo. Se esforzó tanto por hacer que yo... –calló y cerró los ojos–. Se mató después de que me fuera de Chicago. Tal como dijo que haría.

–Estaba perturbado –musitó Althea con gentileza–. Muy perturbado. Un año antes de entrar en contacto contigo, tuvo una relación con una chica. Cuando ella la rompió, se tomó un montón de barbitúricos. Permaneció en una clínica durante un tiempo. Solo llevaba unas semanas fuera cuando conectó contigo.

–Fui cruel con él –se puso a dar vueltas al bolso–. Muy cruel. En su momento consideré que era la mejor manera de manejar la situación. Pensé que se sentiría dolido, que quizá me odiara durante un tiempo, pero que luego encontraría una chica agradable y... Pero no fue así.

–No voy a decirte que no fue culpa tuya, porque eres lo bastante inteligente como para saberlo –la voz de Boyd sonó adrede carente de simpatía–. Lo que hizo McGillis, se lo hizo a sí mismo. Tú fuiste una excusa.

–No es tan fácil para mí –experimentó un escalofrío involuntario–. Yo no vivo con la muerte como lo haces tú.

–Nunca es fácil, para nadie –abrió una carpeta–. Pero aquí hay prioridades, y la mía es establecer la relación entre McGillis y el hombre al que perseguimos.

–¿De verdad crees que John es el motivo por el que recibo las amenazas?

–Es lo único que encaja. Ahora quiero que nos cuentes todo lo que recuerdes de él.

Soltó el bolso y con cuidado juntó las manos sobre la mesa. Con la máxima claridad que le fue posible, repitió todo lo que ya le había contado.

–¿Lo viste alguna vez con alguien? –inquirió Boyd–. ¿Te habló de sus amigos, de su familia?

–Siempre estaba solo. Como ya te he dicho, solía

llamar a la emisora. Tardé semanas en conocerlo en persona. Después, de lo único que realmente hablaba era de lo que sentía por mí, de lo mucho que anhelaba que estuviéramos juntos –retorció los dedos–. Solía enviarme notas, y flores. Regalos pequeños. No es tan extraño que un fan desarrolle una especie de relación fantasiosa con una locutora. Pero entonces empecé a ver que no era... –carraspeó–... el tipo normal de rareza, si entiendes lo que quiero decir.

–Continúa –pidió después de escribir unas palabras en el bloc.

–Las notas se tornaron más personales. No tanto sexuales como emocionales. La única vez que se pasó fue cuando me mostró su tatuaje. Tenía unos cuchillos tatuados en el pecho. Parecían tan fuera de lugar en él, que mi respuesta fue comentar que era una necedad que se marcara el cuerpo de esa manera. Nos hallábamos en el aparcamiento. Estaba cansada e irritada, y ahí tenía a ese chico que se abría la camisa para enseñarme un estúpido tatuaje. Lo molestó que no me gustara. En realidad, se enfadó. Fue la única vez que lo vi airado. Dijo que si era bueno para su hermano, era bueno para él.

–¿Su hermano? –repitió Boyd.

–Así es.

–No tenía un hermano.

–Sí –dejó de retorcer los dedos–. Lo mencionó un par de veces.

–¿Por su nombre?

–No –intentó recordar–. No –confirmó, más segura–. Solo mencionó que su hermano vivía en California. Hacía un par de meses que no lo veía. Quería que lo conociera. Cosas así.

–No tenía un hermano. Era hijo único –informó Althea.

–Se lo habrá inventado –Cilla movió la cabeza.

–No –Boyd se reclinó en la silla–. No creo que el hombre al que perseguimos sea un invento de la imaginación de John McGillis.

11

La cabeza le palpitaba de forma constante y hacía que le sonaran los oídos. Era demasiado para absorber de una vez. La llamada de teléfono, la visita de Nick, los recordatorios en la emisora. El suicidio de John McGillis.

Por primera vez en su vida, Cilla se sintió tentada a encerrarse en su habitación y escapar a través del sueño artificial. Quería paz, unas pocas horas de paz, sin culpabilidad, sin sueños, sin temores.

Más que eso, quería recuperar el control de su vida. En el pasado era algo que había dado por hecho, pero jamás volvería a caer en ese error.

No se le ocurrió nada que decirle a Boyd cuando la siguió al interior de su casa. Estaba demasiado cansada para discutir, más sabiendo que sería inútil. Él no iba a dejar el caso. No quiso creerla cuando le dijo que no tenían ningún futuro juntos. Se negaba a entender que en ambas instancias solo buscaba lo mejor para él.

Fue a la cocina y, del armario que había sobre el fregadero, sacó un bote de aspirinas. Extrajo dos pastillas.

Boyd la observó llenar un vaso del grifo y tragárselas. Los movimientos de ella eran automáticos y un poco bruscos. Mientras lavaba el vaso, miró las flores del patio trasero por la ventana.

–¿Has comido? –le preguntó.

–No lo recuerdo –cruzó los brazos y desvió la vista hacia los árboles. Se preguntó cuánto tiempo necesitarían para recuperar su frondosidad–. Pero no tengo hambre. Si tú quieres, probablemente encuentres algo para comer en la nevera.

–¿Qué te parece echarte un rato? –apoyó las manos en sus hombros y les dio un leve masaje.

–Aún no podría acostarme –suspiró y levantó una mano para apoyarla en la de Boyd–. Dentro de unas semanas me tocará cortar el césped. Creo que me gustará. Nunca antes había tenido jardín.

–¿Podré venir a verte?

Cilla sonrió, como él quería que hiciera.

–Me encanta este lugar –murmuró–. No solo la casa, sino todo. Nunca me he sentido cómoda desde que me fui de Georgia. Ni siquiera lo sabía hasta que vine aquí y me sentí como en casa.

–A veces encuentras lo que quieres sin buscarlo.

Cilla sabía que hablaba de amor. Pero a ella le daba miedo entrar en esa conversación.

–A veces el cielo es tan azul que te lastima los ojos. Y puedes ver las montañas, incluso desde el centro de la ciudad. Quiero pertenecer a este lugar.

–Ya lo has conseguido –le dio la vuelta.

–Jamás pensé que las cosas pudieran durar. Pero empezaba a hacerlo... antes de esto. No estoy segura de que pueda pertenecer a este sitio, o a ninguna otra parte, hasta que deje de sentir miedo. Boyd –le enmarcó la cara con las manos y lo estudió con mirada intensa, como si quisiera memorizar cada plano, cada ángulo–, no solo hablo de pertenecer a un lugar, sino a una persona. Me importas más que nadie en el mundo, salvo Deborah. Y sé que eso no basta.

–Te equivocas –le dio un beso en los labios–. Desde luego que basta.

Ella movió la cabeza con gesto frustrado.

–Lo que pasa es que no quieres escuchar.

–Te vuelves a equivocar. Escucho, Cilla, aunque no siempre coincido con lo que dices.

–No tienes que coincidir, simplemente aceptarlo.

–Te diré una cosa... cuando esto termine, tú y yo mantendremos una larga charla sobre lo que los dos tenemos que aceptar.

–Cuando esto termine, existe la posibilidad de que estés muerto –en un impulso, lo aferró con más fuerza–. ¿De verdad quieres casarte conmigo?

–Sabes que sí.

–Si aceptara casarme, ¿dejarías el caso? ¿Dejarías que se ocupara de él otra persona y te marcharías a tu cabaña hasta que haya concluido?

–Deberías saber que no se intenta sobornar a un funcionario público –contuvo una furia amarga.

–No bromeo.

–No –su expresión se endureció–. Pero me gustaría que estuvieras bromeando.

–Me casaré contigo, y me esforzaré para que seas feliz si haces eso por mí.

–No hay trato, O'Roarke –la soltó y retrocedió.

–Maldia sea, Boyd.

–¿Es que crees que se trata de un intercambio? –estalló, metiéndose las manos en los bolsillos–. ¿Lo que tú quieres por lo que yo quiero? Hablamos de matrimonio. Es un compromiso emocional y un contrato legal, no un instrumento de trueque. ¿Y a continuación qué? –exigió–. ¿Dejo mi trabajo y tu aceptas darme un hijo?

La sorpresa y la vergüenza la dejaron muda. Alzó ambas manos con las palmas hacia fuera.

–Lo siento. Lo siento –logró manifestar–. No quería que sonara de esa manera. No dejo de pensar en lo que me dijo hoy, en cómo lo dijo. Y puedo imaginar cómo sería todo si tú no estuvieras presente –cerró los ojos–. Sería peor que morir.

–Estoy aquí –volvió a acercarla–. Y voy a quedarme aquí. Nada nos va a suceder a ninguno de los dos.

Ella lo abrazó y pegó la cara a su cuello.

–No te enfades. En este momento sería incapaz de plantarte batalla.

–Entonces la reservaremos para luego –cedió, acariciándole el pelo.

–Subamos –no quería que Boyd pensara en el futuro, solo en el ahora–. Hazme el amor.

De la mano atravesaron la casa vacía y subieron las escaleras. En el dormitorio, Cilla cerró la puerta. El gesto fue simbólico de su necesidad de excluirlo todo menos a él de ese momento.

El sol entraba con fuerza por las ventanas, pero no sintió la necesidad de ocultar la luz. Allí no habría secretos entre ellos. Sin apartar la vista de su cara, comenzó a desabrocharle la camisa.

Pensó que unos días antes habría temido eso mismo que hacía. Habría temido realizar el movimiento equivocado, decir la palabra equivocada, ofrecer demasiado, o poco. Él ya le había enseñado que solo tenía que extender la mano y estar dispuesta a compartir.

Se desnudaron en silencio, sin tocarse. Se preguntó si Boyd percibiría su estado de ánimo. Lo único que sabía era que quería mirar, absorber su imagen.

«¿Sabrá lo excitante que está ahí de pie en el centro de la habitación, con la ropa arrugada a sus pies, la piel encendida y los ojos velados?», se preguntó él.

Esperó. Aunque anhelaba tanto tocarla que los dedos le quemaban, esperó.

Ella se le acercó con los brazos levantados y los labios entreabiertos. Esbelta, suave, seductora, se pegó a Boyd. Pero él siguió esperando. Oyó su nombre como un suspiro leve cuando Cilla lo besó.

«Hogar». El pensamiento se agitó dentro de ella, un deseo trémulo. Boyd era el hogar. La fuerza de sus brazos, la ternura de sus manos, la absoluta generosidad de su corazón. Las lágrimas le hormiguearon detrás de los párpados al perderse en el beso.

Él sintió el cambio, la entrega lenta y sutil. Lo excitó de forma insoportable. Fuerte, Cilla era como una llama, llena de vida y pasión. En su entrega, era como una droga que penetraba lentamente en la sangre.

Tentado y perdido por su total sumisión, la depositó sobre la cama. Su cuerpo le pertenecía. Y por primera vez sintió que también su mente y su corazón. Tuvo cuidado de tratarlos con gentileza.

«Es tan dulce, tan tierno», pensó ella como en

un sueño. La paciente caricia de sus dedos y el roce ligero de sus labios dejaron la tarde brillante y dieron paso a los ricos secretos de la medianoche. Sabiendo ya adónde podía llevarla, anhelaba aún más emprender el viaje.

Nada de pensamientos lóbregos. Nada de miedos insistentes. Como capullos a punto de florecer, Cilla quería celebrar la vida, la sencillez de estar viva y de ser capaz de amar.

La excitaba de forma absoluta. La respuesta de sus propias caricias y besos igualaron la generosidad de él. Lo que le murmuró no fueron exigencias, sino promesas que desesperadamente quería cumplir.

Se arrodillaron juntos en el centro de la cama, tocándose, los cuerpos sincronizados de modo casi doloroso. El pelo de ella fluyó a través de los dedos de Boyd. La piel de él tembló bajo las caricias de Cilla.

Susurros apagados.

Volvieron a tumbarse con los corazones juntos y las bocas pegadas. Ambos tenían los ojos abiertos. Unidos, se abrazaron y absorbieron un tumulto de sensaciones. Al moverse, lo hicieron al mismo ritmo, ambos maravillados.

La cabina parecía otro mundo. Cilla estaba sentada ante la consola, estudiando los controles que tan bien conocía. Tenía el cuerpo y la mente abotargados. El control nítido que había sentido durante un tiempo tan breve con Boyd aquella tarde se había desvanecido. Solo quería que la noche se acabara.

Él le había mencionado que al día siguiente se iría a Chicago. Su intención era animarlo a realizar el viaje. Si no podía convencerlo de que dejara el caso, al menos tendría la satisfacción de saber que se hallaría a kilómetros de distancia durante uno o dos días. Lejos de ella y a salvo.

Quienquiera que fuera el que la amenazaba, se acercaba. Podía sentirlo. Cuando golpeara, deseaba que Boyd se encontrara bien lejos.

Si ese hombre estaba decidido a castigarla por lo que le había pasado a John McGillis, se enfrentaría a ello. Boyd tenía razón, hasta cierto punto. No se culpaba a sí misma por el suicidio de John. Pero sí compartía la responsabilidad. Y no podía evitar lamentar la pérdida de una vida joven y desperdiciada.

Mientras ponía la siguiente canción, pensó que la policía la protegería. Y también se protegería ella. El nuevo temor que la invadía surgía del hecho de que no sabía cómo proteger a Boyd.

–Te duermes ante los mandos –comentó él.

–No, solo descanso entre temas –miró el reloj. Casi era la medianoche. Se acercaba la sección de llamadas de los oyentes. Una vez más la emisora se hallaba cerrada. Solo estaban ellos dos.

–Queda justo la mitad –señaló él–. ¿Por qué no vuelves esta noche a mi casa? Podemos escuchar mis discos de Muddy Waters.

–¿Quién? –decidió hacerse la tonta, porque sabía que a él lo divertía.

–Vamos, O'Roarke.

Ayudaba mucho ver cómo le sonreía. Hacía que todo fuera casi normal.

–Muy bien, escucharé los discos de Muddy como se...

–Waters.

–Eso... si contestas tres preguntas musicales.

–Dispara.

–Un momento –puso el siguiente disco y realizó una rápida introducción. Buscó entre sus papeles–. Muy bien. La primera. ¿Cuál fue el primer grupo británico que actuó en los Estados Unidos?

–Ah, una pregunta con trampa. The Dave Clark Five. Los Beatles fueron los segundos.

–No está mal para un aficionado. La segunda. ¿Quién fue el último en actuar en Woodstock?

–Jimi Hendrix. Tendrás que hacerlo mejor, O'Roarke.

–Solo te induzco a relajarte. Número tres, y esta es la buena, Fletcher. ¿En qué año se editó el éxito de Buddy Holly y los Crickets, *That'll Be the Day*?

–Te remontas lejos.

–Tú contesta, detective.

–En el cincuenta y seis.

–¿Te refieres a 1956?

–Sí.

–Una pena. Fue en el cincuenta y siete. Has perdido.

–Quiero cotejarlo.

–Adelante. Ahora tú tendrás que venir a mi casa a escuchar una retrospectiva de los Rolling Stones –bostezó.

–Si aguantas despierta tanto tiempo –le gustó que se hubiera relajado un rato para jugar–. ¿Quieres un café?

–Tanto como respirar –lo miró agradecida.

–Ahora te lo traigo.

Desde que el amor propio de Nick Peters sufrió aquel golpe, no lo habían sustituido por nadie y la emisora se hallaba vacía. También él miró la hora. Quería regresar antes de que recibiera la primera llamada.

«De paso le llevaré un donut», decidió mientras por reflejo inspeccionaba el pasillo. Un poco de azúcar la ayudaría a sobrellevar la noche.

Antes de dirigirse a la sala, fue a la entrada del edificio para comprobar las puertas. Los cerrojos se hallaban en su sitio y la alarma estaba activada. El único coche que se veía en el aparcamiento era el suyo. Satisfecho, fue a la parte posterior para realizar la misma comprobación antes de preparar el café.

Sabía que la situación no iba a prolongarse mucho más tiempo. Con la pista de McGillis, estaba convencido de que en cuestión de días podría vincular a alguien con las amenazas. Sería estupendo ver a Cilla sin rastro de temor en los ojos.

Añadió una cucharada extra de café a la cafetera y escuchó la voz de ella por el altavoz mientras introducía el siguiente disco.

«Esa voz mágica», pensó. La primera vez que la oyó no había tenido idea de que se enamoraría de la mujer a la que pertenecía.

Sonó *I Love Rock and Roll*, de Joan Jett. Aunque el altavoz de la sala apenas era un murmullo, percibió la sensación. Llegó a la conclusión de que debería de ser el tema central de Cilla. Sin embargo, en los dos días que habían pasado en la cabaña había descubierto que la podían fascinar con igual facilidad Patsy Cline y Ella Fitzgerald.

Decidió que lo que necesitaban eran dos semanas en las montañas. Sin la interferencia de ninguna tensión exterior.

Aspiró el rico aroma del café a punto de hacerse y esperó poder ir a Chicago, encontrar las respuestas que necesitaba y regresar con la máxima celeridad.

Giró, inquieto por un leve sonido procedente del pasillo. Un crujido en el suelo. Llevó la mano a la culata de la pistola. La desenfundó, le dio la espalda a la pared lateral y con sigilo avanzó tres pasos hacia la puerta.

«Empiezo a ponerme nervioso», se dijo al ver solo el resplandor tenue de las luces de seguridad. Pero el instinto hizo que no guardara el arma. Había dado el siguiente paso cuando las luces se apagaron.

Maldijo en voz baja y se movió con rapidez. Aunque por seguridad apuntaba la pistola hacia arriba, estaba preparado para usarla. Vio las luces de la cabina. Ella continuaba poniendo música. Con la espalda pegada a la pared, miró a ambos lados del pasillo a oscuras y avanzó hacia Cilla.

Al rodear el último recodo que conducía a la cabina, oyó algo detrás de él. Vio que la puerta del almacén se abría en el instante en que giraba. Pero en ningún momento vio el cuchillo.

–Acabáis de escuchar a Joan Jett & the Blackhearts. Son las 23:50, Denver –frunció el ceño al mirar el reloj y se preguntó por qué Boyd tardaba tanto–. Os recuerdo que mañana podéis ver a Wild Bob en el Brown Palace Hotel, en la calle diecisiete. Y si nunca habéis estado allí, es un lugar muy elegante. Aún hay entradas disponibles para el banquete a beneficio de los niños maltratados. Sacad las carteras. Son solo veinte dólares, cuarenta si lleváis a vuestra pareja. El banquete empieza a las siete y Wild Bob os pondrá los discos que tanto os gustan –preparó la siguiente canción–. Preparaos para dos temas que os conducirán hasta la medianoche. Aquí Cilla O'Roarke. Primero vendrán las noticias y luego las peticiones.

Apagó el micro. Movió los hombros para mitigar la tensión y se quitó los auriculares. Tarareando, se apartó de la consola para preparar las noticias grabadas.

Fue en ese momento cuando vio que el pasillo, más allá de la puerta de cristal, se hallaba a oscuras. Al principio se quedó mirando desconcertada. Luego se sintió agitada. Si las luces de seguridad se habían apagado, quizá la alarma estuviera desconectada.

«Está aquí». Aferró el respaldo del sillón y sintió la frente perlada de sudor. Esa noche no habría ninguna llamada, porque estaba allí. Había ido a buscarla.

Un torrente de pánico ahogó el grito en la garganta.

Boyd. También había ido por Boyd.

Impulsada por un terror nuevo, corrió hacia la puerta.

–¡Boyd! –gritó, trastabillando en la oscuridad. Detuvo sus movimientos al ver la sombra que se dirigía hacia ella. Aunque era una silueta informe, lo supo. Con las manos a la espalda, retrocedió–. ¿Dónde está Boyd? ¿Qué le has hecho? –dio otro paso atrás. Las luces de la cabina hendían la oscuridad en dos. Cuando iba a suplicar, estuvo a punto de desmayarse de alivio–. Oh, Dios, eres tú. No sabía que siguieras aquí. Pensaba que todo el mundo se había marchado.

–Y así es –respondió, plantándose bajo la luz. Sonrió y el alivio de Cilla se heló. Sostenía un cuchillo de caza, de hoja larga, ya manchado con sangre.

–Boyd –repitió ella.

–No puede ayudarte. Nadie puede. Nos encontramos solos. He esperado mucho tiempo para que estuviéramos solos.

–¿Por qué? –se hallaba más allá del miedo. La hoja de acero estaba manchada con la sangre de Boyd, y el dolor no dejaba sitio para el temor–. ¿Por qué, Billy?

–Mataste a mi hermano.

–No, no, no lo hice –retrocedió hacia la cabina. La histeria borboteaba en su garganta–. Yo no maté a John. Apenas lo conocía.

–Él te amaba –avanzó cojeando con el cuchillo por delante. Iba descalzo. Llevaba unos pantalones de camuflaje y una media negra le cubría el pelo y la frente. Aunque se había embadurnado la cara, el pecho y los brazos de negro, Cilla pudo ver el tatuaje encima del corazón. Idéntico al de John McGillis–. Ibas a casarte con él. John me lo contó.

–Lo malinterpretó –soltó un jadeo cuando adelantó el cuchillo. El sillón cayó con estrépito al tropezar con la consola.

–No me mientas, zorra. Él me contó todo, cómo le dijiste que lo amabas y lo deseabas –bajó la voz, adoptando el susurro que había empleado por teléfono, helándole la sangre–. Cómo lo sedujiste. Era tan joven. No entendía la naturaleza de las mujeres como tú. Pero yo sí. Yo lo habría protegido. Siempre lo protegía. Él era bueno –se secó los ojos con la mano que sostenía el cuchillo, luego extrajo una pistola del bolsillo–. Demasiado bueno para ti –disparó, y empotró una bala en los controles. Cilla se llevó las dos manos a la boca para contener un chillido–. Me contó cómo le mentiste, cómo lo engañaste, cómo te exhibiste.

–Jamás quise herir a John –tenía que guardar la calma. Boyd no estaba muerto. No iba a creer que estuviera muerto. Pero se encontraba herido. De algún modo tenía que ayudarlo. Se apoyó en la consola y abrió el micro, sin apartar los ojos de la cara del otro–. Te lo juro, Billy, jamás quise herir a tu hermano.

–Mentirosa –gritó, alzando el cuchillo a la garganta de ella. Cilla se arqueó hacia atrás y luchó por contener los temblores–. Él no te importa nada. Nunca te importó. Simplemente lo utilizaste. A las mujeres como tú les encanta utilizar a la gente.

–Me caía bien –contuvo el aliento cuando el acero le rozó el cuello y sintió que la sangre goteaba por su piel–. Era un chico agradable. Él... te quería.

–Y yo lo quería –el cuchillo le tembló en la mano, pero lo apartó unos centímetros. Cilla soltó el aire contenido–. Era la única persona a la que he querido, que me quiso. Cuidaba de él.

–Lo sé –se humedeció los labios resecos. Sin duda alguien aparecería. Alguien estaría escuchando. No se atrevía a desviar la vista para mirar el teléfono, donde las luces parpadeaban de forma frenética.

–Él solo tenía cinco años cuando me enviaron a aquella casa. La habría odiado, como había odiado los demás lugares a los que me habían enviado. Pero John vivía allí. A él le importaba. Me necesitaba. De modo que me quedé hasta que cumplí los dieciocho años. Solo fue un año y medio, pero éramos hermanos.

–Sí.

–Me alisté en el ejército. Cuando estaba de permiso se escabullía para ir a verme. La cerda de su madre no quería que se mezclara conmigo, porque ya me había metido en algunos problemas –volvió a disparar al azar y destrozó el cristal de la parte superior de la puerta–. Pero el ejército me gustaba, y a John le gustaba mi uniforme –los ojos se le pusieron un poco vidriosos al recordar–. Nos mandaron a Vietnam. Destruyeron mi pierna. Destruyeron mi vida. Cuando volvimos, la gente quería odiarnos. Pero no John. Él estaba orgulloso de mí. Nadie jamás había estado orgulloso de mí.

–Lo sé.

–Intentaron llevárselo. Dos veces –volvió a apretar el gatillo. Una bala se clavó en la grabadora a solo quince centímetros de la cabeza de Cilla. Un sudor temeroso se convirtió en hielo sobre su piel–. No lo entendían. Me fui a California. Allí iba a buscar un sitio agradable donde vivir. Solo necesitaba encontrar un trabajo. John iba a escribir poesía. Y entonces te conoció –la humedad en sus ojos se evaporó por el odio–. Ya no quería ir a California. No quería dejarte. Me escribió cartas largas sobre ti. En una ocasión me llamó. No debería de haber gastado su dinero de esa manera, pero me llamó a California para decirme que iba a casarse. Tú querías casarte en Navidad, de manera que él iba a esperar. Yo iba a regresar porque me quería tener presente.

Cilla solo pudo mover la cabeza.

–Jamás acepté casarme con él. Matarme no va a cambiar eso –dijo cuando le apuntó con la pistola–. Tienes razón, él no me entendió. Y supongo que yo tampoco lo entendí. Él era joven. Imaginó que yo era algo que no era, Billy. Lo siento, lo siento de verdad, pero yo no provoqué su muerte.

–Tú lo mataste –pasó el canto de la hoja del cuchillo por la mejilla de ella–. Y vas a pagarlo.

–No puedo detenerte. Ni siquiera lo intentaré. Pero, por favor, dime qué le has hecho a Boyd.

–Lo he matado –exhibió una sonrisa dulce y vacía que hizo que las armas que llevaba parecieran incongruentes.

–No te creo.

–Está muerto –sin dejar de sonreír, levantó el cuchillo a la luz–. Fue fácil. Más de lo que pensaba. Y rápido –afirmó–. Lo quería muerto, pero no me importaba si no sufría. No como tú. Vas a sufrir. Te lo dije, ¿recuerdas? Te dije lo que te iba a hacer.

–Si has matado a Boyd –susurró–, ya me has matado.

–Quiero que supliques –apoyó otra vez el cuchillo contra su cuello–. Quiero que supliques como suplicó John.

–No me importa lo que me hagas –no podía sentir el cuchillo sobre la piel. No podía sentir nada. Desde la distancia oyó el sonido de las sirenas. Las oyó sin emoción, sin esperanza. Llegaban demasiado tarde. Lo miró a los ojos. Comprendió que entendía esa clase de dolor. Surgía cuando te arrebataban a la persona que más te importaba–. Lo siento –dijo, preparada para morir–. Yo no lo amaba.

Con un rugido de furia, le asestó un golpe en la sien con el mango del cuchillo. Había planeado y esperado durante semanas. No la mataría con rapidez y piedad. No. La quería de rodillas, llorando y gritando por su vida.

Aterrizó encogida, dominada por el dolor explosivo. Habría llorado en ese momento, con las manos cubriéndole la cara y el cuerpo laxo. No por ella, sino por lo que había perdido.

Los dos se volvieron de repente. Boyd estaba en el umbral de la puerta.

Solo fueron unos segundos. La visión de Cilla se aclaró y el corazón estuvo a punto de estallarle. Estaba vivo. Vivo.

El sollozo de alivio se convirtió en un grito de terror al ver a Billy alzar la pistola. Entonces se puso de pie y luchó con él. Los discos se desplomaron al suelo y quedaron aplastados cuando los dos chocaron contra una estantería. Los ojos de él se clavaron con intensidad en los suyos. Cilla suplicó, sin dejar de luchar.

Boyd cayó de rodillas. La pistola estuvo a punto de escurrírsele de los dedos. Podía verlos a través de una bruma roja. Intentó gritarle a Cilla, pero no consiguió que la voz saliera por su garganta. Solo pudo rezar mientras se aferraba a la conciencia y al arma. Vio el cuchillo alzarse e iniciar su terrible descenso. Disparó.

Ella no oyó el cristal al quebrarse ni el ruido de pies. Ni siquiera oyó el estallido de la bala que había dado en el blanco. Pero sintió la sacudida del cuerpo de Billy mientras el cuchillo volaba de su mano y él rebotaba contra la consola.

Con los ojos desencajados, giró en redondo. Vio

a Boyd de rodillas, tambaleándose, sujetando la pistola con ambas manos. Detrás de él estaba Althea, con el arma aún apuntada hacia la figura tendida en el suelo. Con un grito ahogado, Cilla corrió al tiempo que Boyd caía.

–No –lloraba al apartarle el pelo de los ojos, pasarle la mano por el costado y sentir la sangre–. Por favor, no –le cubrió el cuerpo con el suyo.

–Tienes que apartarte –Althea controló el pánico mientras movía a Cilla.

–Está sangrando.

–Lo sé –«y mucho», pensó–. Ya viene una ambulancia.

Cilla se quitó la camisa para realizarle un vendaje de presión. Arrodillada solo con la falda, se inclinó sobre Boyd.

–No voy a dejar que muera.

–Ya somos dos –Althea la miró a los ojos.

12

Había visto un mar de caras. Parecían nadar en su cabeza mientras iba de un lado a otro de la sala de espera del hospital. Reinaba un gran silencio. Sin embargo, en su mente aún podía oír el caos de sirenas, voces, los ruidos de las radios de los patrulleros que se habían reunido en el aparcamiento de la comisaría.

Al llegar la ambulancia, unas manos la habían apartado de Boyd, para sacarla de la cabina al aire fresco de la noche.

Recordó que había sido Mark quien la había contenido al pasar de la histeria a la conmoción. Jackson había estado allí, firme como una roca, poniéndole una taza con un líquido caliente en la mano. Y Nick, pálido, musitando palabras de tranquilidad y disculpa.

También había visto a docenas de desconocidos, que habían escuchado el enfrentamiento en la radio. Se habían arracimado hasta que la policía levantó unas vallas.

Luego Deborah, que corría por el aparcamiento con lágrimas en los ojos, haciendo a un lado a los policías, reporteros, curiosos, para llegar junto a su hermana. Fue Deborah quien había descubierto que parte de la sangre que había en Cilla era propia.

Con los ojos embotados, bajó la vista a la mano vendada. No había sentido el corte del cuchillo durante los segundos frenéticos que había luchado con Billy. El rasguño en el cuello era más doloroso. Pero eran heridas poco profundas. Nada comparadas con el desgarro de su corazón.

Aún podía ver el aspecto de Boyd cuando lo sacaron de la ambulancia. Durante un terrible momento, había temido que hubiera muerto, de tan blanco y quieto que estaba.

Pero Althea le había dicho que estaba vivo. Había perdido mucha sangre, pero seguía con vida.

En ese momento se hallaba en el quirófano y Cilla solo podía esperar.

Althea la miraba caminar. Ella prefería permanecer sentada y mantenerse firme. Tenía sus propias visiones. La sorpresa cuando la voz de Cilla había interrumpido la música. La carrera desde la comisaría hasta la emisora. La visión de su compañero de rodillas en el suelo, luchando por sostener su arma. Había disparado un instante antes que ella.

Althea había llegado demasiado tarde. Tendría que vivir con eso.

En ese momento su compañero, su amigo, su familia, yacía sobre una mesa de operaciones. Y ella no podía hacer nada para ayudarlo.

Deborah se puso de pie y atravesó la sala para pasar un brazo por los hombros de su hermana. Cilla dejó de caminar el tiempo suficiente para mirar por la ventana.

–¿Por qué no te echas? –sugirió Deborah.

–No podría.

–No tienes por qué quedarte dormida. Basta con que te tumbes en ese sofá.

–Pasan tantas imágenes por mi mente –movió la cabeza–. El modo en que se quedaba sentado y sonreía después de enfurecerme. Cómo se acomodaba en un rincón de la cabina con un libro en la mano. La forma serena con que me daba órdenes. Dediqué casi todo el tiempo a alejarlo de mí, pero no con la suficiente convicción. Y ahora está...

–No puedes culparte por lo sucedido.

–No sé a quién echarle la culpa –miró el reloj. No sabía cómo los minutos podían pasar tan despacio–. Ahora no puedo pensar en eso. La causa no es tan importante como el efecto.

–Él no querría que asumieras esta carga, Cilla.

–No había convertido en costumbre hacer lo que él quería –estuvo a punto de sonreír–. Me salvó la vida, Deb. ¿Cómo podré soportarlo si el precio para eso es la suya?

–Si no quieres echarte –sabía que no podía consolarla mucho–, ¿qué te parece un café?

–Sí. Gracias.

Se dirigió a una cafetera que había en un rincón. Cuando Althea se reunió con ella, Deborah sirvió una segunda taza.

–¿Cómo lo lleva? –preguntó.

–Está desolada –se frotó los ojos antes de mirar a la detective–. Se culpa a sí misma –estudió a Althea antes de ofrecerle la taza–. ¿También tú la culpas?

Thea titubeó y primero bebió un sorbo de café. Miró a la mujer que se hallaba de pie junto a la ventana. Cilla llevaba unos vaqueros amplios y la chaqueta de Mark Harrison. Se dio cuenta de que quería culparla. Quería culparla por involucrarse con Boyd más allá de lo razonable. Por ser la catalizadora de que un hombre ya perturbado hubiera tomado el camino de la venganza.

Pero no podía. Ni como policía ni como mujer.

–No –suspiró–. No la culpo. Es otra de las víctimas en este caso.

–Quizá podrías decírselo –le entregó la segunda taza–. Quizá es lo que necesita oír.

No era fácil acercarse a Cilla. No habían hablado desde que llegaron a la sala de espera. De un modo extraño, comprendió que eran rivales. Las dos querían al mismo hombre. Tal vez de manera diferente, pero ambas partes tenían emociones profundas. Se le ocurrió que si Cilla no hubiera albergado ninguna emoción, no se habría sentido resentida. Si hubiera seguido siendo solo un caso, Althea no habría experimentado la necesidad de proyectar culpa.

Al parecer Boyd no había sido el único en perder la objetividad.

Se detuvo junto a ella y contempló la misma vista de la ciudad a oscuras.

–¿Café?

–Gracias –aceptó la taza pero no bebió–. Tardan mucho.

–Debe de faltar poco.

–Viste la herida –respiró hondo–. ¿Crees que sobrevivirá?

«No lo sé». Estuvo a punto de decirlo.

–Cuento con ello.

–En una ocasión me dijiste que era un buen hombre. Tenías razón. Durante mucho tiempo tuve miedo de verlo, pero tenías razón –se volvió para mirarla a la cara–. No espero que me creas, pero habría hecho cualquier cosa para evitar que resultara herido.

–Te creo. Hiciste lo que pudiste –antes de que pudiera darse la vuelta, apoyó una mano en su brazo–. Abrir el micro quizá le haya salvado la vida. Quiero que pienses en eso. Con una herida tan grave como la de Boyd, cada segundo contaba. Al salir en antena, nos diste una visión de la situación, de modo que la ambulancia pudo llegar casi con nosotros. Si sobrevive, en parte se deberá a tu serenidad mental. Quiero que pienses en eso.

–Billy lo atacó solo por mí. También he de pensar en eso.

–Intentas darle lógica a una situación irracional. No funcionará –la simpatía se desvaneció de su voz–. Si quieres empezar a echar culpas, ¿qué te parece John McGillis? Fue su fantasía la que encendió la mecha. ¿Qué te parece el sistema que permitió que alguien como Billy Lomus pasara de un hogar adoptivo a otro de modo que jamás supo lo que era sentirse querido por nadie salvo por un joven perturbado? Podrías echarle la culpa a Mark por no comprobar con el suficiente rigor las referencias de Billy. O a Boyd y a mí por no establecer antes la conexión. Se puede trasladar mucha culpa, Cilla. Todos tendremos que vivir con la que nos corresponde.

–En realidad, poco importa, ¿verdad? No importa de quién es la culpa, la vida de Boyd sigue en peligro.

–¿Detective Grayson?

Althea desvió su atención. El médico que entró seguía con la bata verde del quirófano, con la parte frontal empapada de sudor. Intentó analizar primero sus ojos. Eran claros, estaban despejados y no le revelaron nada.

–Soy yo.

El otro enarcó levemente las cejas. No se conocía a menudo a una detective que pareciera salida de la portada de *Vogue*.

–Soy el doctor Winthrop, jefe de cirugía.

–¿Usted operó a Boyd Fletcher?

–Así es. ¿Es su compañero?

–Sí –sin ser conscientes del gesto, Althea y Cilla juntaron las manos–. ¿Nos puede decir cómo se encuentra?

–Puedo decirles que es un hombre afortunado –indicó Winthrop–. Si el cuchillo se hubiera desviado unos centímetros a cualquier lado, no habría tenido ninguna oportunidad. Se halla en situación crítica, pero el pronóstico es bueno.

–Está vivo –logró musitar Cilla al final.

–Sí –Winthrop se volvió hacia ella–. Lo siento, ¿es usted familiar?

–No, yo... No.

–La señorita O'Roarke es la primera persona que Boyd querrá ver cuando despierte –apretó la mano de Cilla–. Su familia ya ha sido notificada, pero estaba en Europa y tardará unas cuantas horas en llegar.

–Comprendo. Estará un rato en Recuperación, luego lo trasladaremos a la UCI. O'Roarke –dijo de pronto–. Claro, mi hijo es un gran admirador suyo –le levantó la mano vendada con suavidad–.

Ya conozco la historia. Si fuera mi paciente, estaría sedada y en cama.

–Me encuentro bien.

Con el ceño fruncido, el médico le estudió las pupilas.

–Para explicarlo de manera poco profesional, de ningún modo –observó el arañazo en el cuello–. Ha sufrido una fuerte conmoción, señorita O'Roarke. ¿Hay alguien que pueda llevarla a casa?

–No me iré hasta que vea a Boyd.

–Cinco minutos, una vez que lo hayan trasladado a la UCI. Solo cinco minutos. Puedo garantizarles que no despertará al menos hasta dentro de ocho horas.

–Gracias –si pensaba que iba a conformarse con cinco minutos, se equivocaba.

–Alguien vendrá a comunicarle cuando pueda bajar –se marchó frotándose la zona lumbar y pensando en una comida caliente.

–He de llamar al capitán –a Althea la irritaba hallarse al borde de las lágrimas–. Te agradecería que vinieras a buscarme después de haberlo visto. Me gustaría tener unos momentos con él.

–Sí, desde luego. Thea –dejó que sus emociones la dominaran y la abrazó. Las lágrimas no parecieron importar. Ni el orgullo. Se abrazaron y se aferraron a la esperanza. No dijeron nada, tampoco era necesario. Cuando se separaron, Althea se marchó a hacer la llamada y Cilla se concentró en la ventana.

–Se va a poner bien –musitó Deborah a su lado.

–Lo sé –cerró los ojos. Lo sabía de verdad. El miedo había desaparecido–. Solo necesito verlo, Deb. Necesito verlo.

–¿Le has dicho que lo amas? –Cilla movió la cabeza–. Este podría ser un buen momento.

–Temía no disfrutar de la oportunidad, y ahora... no sé.

–Solo una necia le daría la espalda a algo tan especial.

–O una cobarde –se llevó los dedos a los labios–. Esta noche casi he perdido la razón al pensar que podía morir. En el cumplimiento del deber –miró a su hermana–. En el cumplimiento del deber, Deborah. Si me dejo llevar, si no le doy la espalda, ¿cuántas otras veces me espera preguntarme si vivirá o morirá?

–Cilla...

–O un día abrir la puerta para que su capitán me informe de que ya no está, tal como lo hizo el de mamá aquel día.

–No puedes vivir esperando lo peor, Cilla. Debes hacerlo esperando lo mejor.

–No sé si puedo –cansada, se pasó una mano por el pelo–. En este momento no estoy segura de nada salvo de que vivirá.

–¿Señorita O'Roarke? –las dos se volvieron para ver a una enfermera–. El doctor Winthrop me ha dicho que la acompañe a la UCI.

–Gracias.

El corazón le martilleaba mientras seguía a la enfermera. Tenía la boca seca y las palmas de las manos húmedas. Intentó no prestar atención a los aparatos y monitores mientras atravesaban las puertas dobles para entrar en la Unidad de Cuidados Intensivos. Quería concentrarse en Boyd.

Seguía muy pálido. La maquinaria conectada a él emitía algún pitido de vez en cuando. Intentó decirse que representaba un buen sonido. Significaba que estaba vivo. Que solo descansaba.

Con gesto inseguro alargó la mano para acariciarle el pelo. Cálido y suave como su piel cuando le pasó los nudillos por la cara.

–Ya ha terminado todo –musitó–. Lo único que tienes que hacer ahora es descansar y ponerte mejor –desesperada por establecer contacto, tomó su mano floja y se la llevó a los labios–. Voy a quedarme tan cerca como me dejen. Lo prometo –posó los labios en su pelo, la mejilla, la boca–. Estaré aquí cuando despiertes.

Mantuvo la palabra. A pesar de la oposición de Deborah, pasó la noche en el sofá de la sala de espera. Cada hora le permitían estar con él cinco minutos. Cada hora despertaba y aceptaba lo que le daban.

Boyd no se movió.

A través de la ventana entró la luz pálida y rosácea del amanecer. Los turnos cambiaron. Cilla bebió café y observó irse al personal de noche. Comenzaron sonidos nuevos. Los carritos con el desayuno. Las voces de la mañana sustituyeron a las voces apagadas de la noche. Miró la hora, dejó la taza de café a un lado y se dirigió a sentarse en un banco próximo a la UCI. Ya casi era la hora de su visita.

Mientras aguardaba que la autorizaran a entrar, un grupo de tres personas avanzó por el pasillo. El hombre era alto, con una tupida mata de pelo gris y una cara enjuta, casi cadavérica. A su lado iba una mujer esbelta, con el pelo rubio revuelto, el traje arrugado. Iban tomados de la mano. Con ellos caminaba otra mujer. «La hija», pensó Cilla con aturdido agotamiento. Tenía la complexión de su padre y el rostro de su madre.

Había pánico en sus ojos. Incluso a través de la fatiga pudo reconocerlo. Eran unos ojos hermosos, de un verde oscuro... como los de Boyd.

–Boyd Fletcher –le dijo la mujer a la enfermera–. Somos su familia. Nos dijeron que podíamos verlo.

–Los llevaré –anunció la enfermera al comprobar su lista–. Solo dos por vez, por favor.

–Id vosotros –la hermana de Boyd se volvió hacia sus padres–. Esperaré aquí.

Cilla quiso hablar, pero como la mujer se sentó en el extremo opuesto del banco, permaneció con las manos unidas.

«¿Qué podría decirles?». Mientras buscaba las palabras, la hermana de Boyd se reclinó en la pared y cerró los ojos.

Diez minutos más tarde, los Fletcher salieron. Alrededor de los ojos de su madre había arrugas de tensión, pero estaban secos. No había soltado la mano de su marido.

–Natalie –tocó el hombro de su hija–. Está despierto. Aturdido, pero despierto. Nos ha reconocido –le sonrió a su marido–. Quería saber qué diablos hacíamos aquí, cuando se suponía que debíamos estar en París –en ese momento los ojos se le llenaron de lágrimas y con impaciencia buscó un pañuelo–. El doctor lo está examinando ahora, pero podrás verlo en unos minutos.

Natalie deslizó un brazo en torno a la cintura de su madre, luego a la de su padre.

–¿Por qué nos preocupábamos?

–Sigo queriendo saber qué sucedió exactamente –el padre de Boyd lanzó una mirada sombría a las puertas dobles–. Su capitán tendrá que darnos una explicación.

–Nos enteraremos de toda la historia –aplacó su mujer–. Tomémonos unos minutos para dar las gracias de que no haya sido peor –volvió a guardar el pañuelo en el bolso–. Al despertar, preguntó por alguien llamado Cilla. No es el nombre de su compañera. Creo que no conocemos a ninguna Cilla.

Aunque tenía las rodillas como gelatina, Cilla se levantó.

–Soy yo –tres pares de ojos se clavaron en ella–. Lo siento –logró decir–. Boyd estaba... fue herido porque... me protegía a mí. Lo siento –repitió.

–Perdón –la enfermera apareció ante las puertas dobles–. El detective Fletcher insiste en verla, señorita O'Roarke. Se empieza a agitar.

–Iré contigo –Natalie condujo a Cilla por las puertas.

Boyd tenía los ojos cerrados, pero no estaba dormido. Se concentraba en recuperar la fuerza que había perdido al discutir con el médico. Pero supo el momento exacto en que ella entró, incluso antes de que apoyara la mano en la suya. Abrió los ojos y la miró.

–Hola, detective –se obligó a sonreír–. ¿Cómo lo llevas?

–Estás bien –el último recuerdo que tenía era de Billy sosteniendo el cuchillo y de Cilla debatiéndose con él.

–Estoy bien –adrede, ocultó la mano vendada en la espalda. Natalie notó el gesto con el ceño fruncido–. Eres tú el que se encuentra conectado a unas máquinas –le acarició la mejilla con infinita ternura–. Te he visto con mejor aspecto, Fletcher.

–Me he sentido mejor –entrelazó los dedos con los de ella.

–Me salvaste la vida. Estoy en deuda contigo.

–No te equivocas –quería tocarla, pero sentía los brazos como plomo–. ¿Cuándo me vas a pagar?

–Ya hablaremos de ello. Tu hermana está aquí –miró por encima de la cama a Natalie.

Esta se inclinó y le dio un beso en la frente.

–Idiota.

–Yo también me alegro de verte.

–No podías ser un tiburón de los negocios, mandón y con una vida sencilla, ¿verdad?

–No –sonrió–. Pero a ti se te da muy bien. Intenta que no se preocupen.

Natalie suspiró al pensar en sus padres.

–No pides mucho.

–Estoy bien. No dejes de repetírselo. Ya has conocido a Cilla.

–Sí, nos hemos conocido –la evaluó con la mirada–. Ahora mismo.

–Haz que se largue de aquí.

Natalie observó el dolor sorprendido en los ojos de Cilla y vio que cerraba los dedos con gesto convulsivo en la barandilla de la cama.

–No tienes que echarme –con su último vestigio de orgullo, alzó el mentón–. Si no me quieres cerca, me...

–No seas estúpida –cortó Boyd con ese tono de voz levemente irritado que hizo que ella quisiera llorar. Volvió a mirar a su hermana–. Está muerta de agotamiento. La noche pasada fue dura. Es demasiado obstinada para reconocerlo, pero necesita irse a casa a descansar un poco.

–Desagradecido –musitó Cilla–. ¿Crees que puedes darme órdenes aun estando convaleciente?

–Sí. Dame un beso.

–Si no me inspiraras pena, te obligaría a suplicar –se inclinó para rozarle los labios. En el momento del contacto comprendió con renovado pánico que iba a desmoronarse–. Como quieres que me vaya, lo haré. Tengo que preparar un programa.

–Eh, O'Roarke.

Retenía el suficiente autocontrol para mirar por encima de los hombros.

–¿Sí?

–Vuelve pronto.

–Vaya, vaya... –murmuró Natalie cuando Cilla se marchó.

–Vaya, vaya... –repitió su hermano. No le era posible mantener los ojos abiertos un momento más–. Es preciosa, ¿verdad?

–Supongo que debe de serlo.

–En cuanto pueda mantenerme despierto una hora, voy a casarme con ella.

–Comprendo. Quizá tendrías que esperar hasta que puedas tenerte de pie una hora.

–Lo pensaré, Nat –encontró su mano–. Me alegro de verte.

–Puedes apostarlo –dijo mientras Boyd se quedaba dormido.

Cilla casi corría al llegar a las puertas dobles. No se detuvo, ni siquiera cuando los padres de Boyd se levantaron del banco. Con respiración entrecortada y ojos llorosos, marchó por el pasillo y entró en los aseos femeninos.

Natalie la encontró diez minutos más tarde, acurrucada en un rincón, llorando desconsoladamente. Sin decir nada, sacó un puñado de pañuelos de papel. Humedeció algunos y se puso en cuclillas ante Cilla.

–Aquí tienes.

–Odio hacer esto –manifestó entre sollozos.

–Yo también –Natalie se secó los ojos y entonces, sin pensar en su traje de setecientos dólares, se sentó en el suelo–. El médico ha dicho que lo más probable es que mañana lo trasladen a una habitación. Esperan que su condición pase de crítica a grave esta tarde.

–Es estupendo –se cubrió el rostro con la toallita húmeda y fresca–. No le digas que he llorado.

–De acuerdo.

Reinó el silencio mientras cada una luchaba por controlarse.

–Supongo que querrás saber qué pasó –comentó Cilla al final.

–Sí, pero puede esperar. Creo que Boyd tenía razón cuando dijo que debías ir a dormir algo.

–Es posible –con muy poco esfuerzo se podría haber echado sobre el suelo para dormir.

–Te llevaré.

–No, gracias. Tomaré un taxi.

–Te llevaré –repitió Natalie, poniéndose de pie.

Cilla se quitó la toalla y la miró.

–Te pareces mucho a él, ¿verdad?

–Eso dicen –le ofreció una mano para ayudarla a levantarse–. Boyd me ha dicho que os vais a casar.

–Eso dice.

Por primera vez en horas, Natalie rio.

–Es evidente que tenemos que hablar.

Prácticamente se quedó a vivir en el hospital durante los siete días siguientes. Boyd rara vez estaba solo. Aunque podía frustrarlo de vez en cuando no disponer de un momento en privado con Cilla, ella lo agradeció.

Su habitación siempre estaba llena de amigos, familiares, compañeros. A medida que pasaban los días y su estado mejoraba, ella acortó y espació más las visitas.

Ambos necesitaban la distancia. Así fue como Cilla lo racionalizó. Necesitaban tiempo para pensar con claridad. Si quería dejar el pasado a su espalda, necesitaba estar a solas.

Fue Thea quien la puso al corriente del historial de Billy Lomus. En su problemática infancia, su único recuerdo de felicidad había sido John McGillis. Pero el destino había querido que cada uno se alimentara de sus respectivas debilidades. El primer intento de suicidio de John había tenido lugar después de que Billy se hubiera ido a Vietnam. Por aquel entonces apenas tenía diez años.

Cuando Billy regresó, herido y amargado, John se había fugado para reunirse con él. Aunque las autoridades los habían separado, siempre habían conseguido volver a encontrarse. La muerte de John había empujado a Billy más allá de la fina línea de cordura por la que caminaba.

–Síndrome retrasado de estrés –dijo Althea mientras se hallaban en el aparcamiento del hospital–. Psicosis paranoide. Amor obsesivo. Realmente no importa qué etiqueta le pongas.

–En el transcurso de estas últimas semanas, docenas de veces me he preguntado si había algo que hubiera podido hacer de forma diferente con John McGillis –respiró hondo–. Y no lo había. No sabes el alivio que me brinda poder estar segura de ello.

–Ya puedes dejarlo atrás.

–Sí. No es algo que vaya a olvidar, pero podré abandonarlo. Antes de que lo haga, me gustaría darte las gracias por todo lo que hiciste, y por todo lo que intentaste hacer.

–Fue mi trabajo –repuso Althea con sencillez–. Entonces no éramos amigas. Creo que es posible que ahora casi lo seamos.

–Casi –Cilla rio.

–Entonces, como alguien que es casi tu amiga, hay algo que me gustaría preguntarte.

–Muy bien.

–Desde el comienzo os he estado observando a Boyd y a ti –sus ojos directos la miraron–. Aún no he decidido si eres buena para Boyd. No es asunto mío, pero me gustaría formarme una opinión.

–Thea, no me dices nada que ya no sepa.

–La cuestión es, Boyd cree que eres buena para él. Con eso me basta. Supongo que lo único que tienes que decidir ahora es si él es bueno para ti.

–Boyd así lo cree –murmuró.

–Lo he notado –en un brusco cambio de estado de ánimo, Althea miró hacia el hospital–. He oído que le van a dar el alta en un par de días.

–Es el rumor.

–Ya has pasado por su habitación.

–Unos minutos. Está su hermana y un par de policías. Le llevaron un centro floral en forma de herradura. La tarjeta ponía: *Un descanso duro, afortunado*. Intentaron convencerlo de que lo habían confiscado en el funeral de un gángster.

–No me sorprendería. Lo gracioso sobre los polis es que a veces tienen un sentido del humor igual al de la gente normal –le sonrió a Cilla–. Voy a subir. ¿Le menciono que me he encontrado contigo y que vas a regresar más tarde?

–No. Esta vez no. Solo... solo dile que escuche la radio. Veré si logro encontrar *Dueling Banjos.*

–¿*Dueling Banjos*?

–Sí. Nos veremos, Thea.

–Claro –la observó ir a su coche y no por primera vez dio las gracias de no estar enamorada.

Aunque las dos primeras noches en la cabina después de los disparos habían sido difíciles, Cilla había terminado por recuperar su vieja rutina. Ya no percibía imágenes de Boyd sangrando de rodillas junto a la puerta, ni de Billy con los ojos desencajados y apretando un cuchillo contra su garganta.

Había empezado a disfrutar otra vez con la sección de peticiones. El parpadeo de las luces ya no la sacaba de quicio. Cada hora agradecía que Boyd estuviera recuperándose y por ello se sumergió en su trabajo con un entusiasmo que hacía tiempo que había perdido.

–Cilla.

No se sobresaltó al oír su nombre; giró con naturalidad y le sonrió a Nick.

–Hola.

–Yo... eh... he decidido volver.

–Lo he oído –no perdió la sonrisa mientras aceptaba la taza de café que él le ofrecía.

–Mark ha sido muy generoso.

–Eres un valor de la emisora, Nick. Me alegro de que cambiaras de parecer.

–Sí, bueno.... –calló mientras estudiaba la cicatriz que había en la palma de la mano de ella. Los puntos se habían caído unos días atrás–. Me alegro de que estés bien.

–Yo también. ¿Quieres pasarme la publicidad de Rocco's Pizza?

Él casi dio un salto para recogerla y entregársela. Cilla introdujo la cinta y la emitió.

–Quería disculparme –soltó Nick.

–No es necesario.

–Me siento como un idiota, y más después de haber oído... bueno, toda la historia sobre Billy y ese tipo de Chicago.

–En absoluto te pareces a John, Nick. Y me halaga que te sintieras atraído por mí... más después de saber que compartes una clase con mi preciosa hermana.

–Deborah es estupenda. Pero demasiado inteligente.

Cilla soltó la primera carcajada desde hacía mucho tiempo.

–Muchas gracias. ¿Eso dónde me deja a mí?

–No quería... –calló, avergonzado–. Solo pretendía...

–Tranquilo –le sonrió y se volvió hacia el micro–. Denver, los próximos quince minutos serán de música. Son las once menos cuarto del jueves por la noche y no hemos hecho más que empezar –golpeó a sus oyentes con un disco de Guns'n'Roses–. Esto es *rock'n'roll* –cortó el micro y añadió–: Eh, Nick, ¿por qué no...? –las palabras se cortaron en su boca al ver a la madre de Boyd en la puerta–. Señora Fletcher –se levantó y estuvo a punto de estrangularse con los auriculares.

–Espero no molestar –le sonrió a Cilla y asintió en dirección a Nick.

–No, no, desde luego que no. Mmm... Nick, ¿por qué no le traes a la señora Fletcher una taza de café?

–No, gracias, querida. Solo puedo quedarme un momento.

Nick se excusó y las dejó solas.

–Así que trabajas aquí –comentó la señora Fletcher tras un rápido vistazo a la cabina.

–Sí. Yo... le mostraría la emisora, pero tengo que...

–Por supuesto –las arrugas provocadas por la tensión ya no circundaban sus ojos. Era una mujer esbelta, atractiva y perfectamente peinada. E intimidaba a Cilla–. No dejes que te interrumpa.

–No, estoy... acostumbrada a trabajar con gente.

–Los últimos días te hemos echado de menos en el hospital, así que pensé en venir aquí para saludarte.

–¿Se marcha?

–Como Boyd se recupera bien, volvemos a París. Es un viaje de negocios tanto como de placer.

Cilla emitió un sonido ambiguo y puso el siguiente disco.

–Sé que debe de sentirse aliviada de que Boyd... bueno, de que se encuentre bien. Estoy segura de que ha sido terrible para usted.

–Para todos. Boyd nos lo explicó. Has pasado por una situación inimaginable.

–Ya ha terminado.

–Sí –alzó la mano de Cilla y contempló la herida en fase de curación–. Las experiencias dejan cicatrices. Algunas más profundas que otras –le soltó la mano y recorrió la pequeña cabina–. Boyd me ha contado que vais a casaros.

–Yo... –carraspeó–. Perdone un minuto –giró hacia la consola e introdujo el siguiente disco, luego activo un interruptor–. Es hora para nuestra canción misteriosa –explicó–. Después de escucharla, llamad. La primera persona que pueda darme el nombre del tema, el artista que lo canta y el año de grabación, ganará un par de entradas para un concierto. A final de mes Madonna actuará aquí.

–Fascinante –la señora Fletcher esbozó una sonrisa idéntica a la de Boyd–. Como iba diciendo, Boyd me ha contado que vais a casaros. Me preguntaba si querrías algo de ayuda con los preparativos.

–No. Es decir, yo no he... Perdone –apretó una tecla que parpadeaba–. KHIP. No, lo siento, respuesta equivocada. Vuelve a intentarlo –trató de mantener la mente despejada mientras entraban las llamadas. La voz del cuarto oyente era muy familiar.

–Eh, O'Roarke.

–Boyd –le lanzó una mirada de impotencia a la madre–. Estoy trabajando.

–Y yo llamando. ¿Tienes un ganador ya?

–No, pero...

–Pues ya lo tienes. *Electric Avenue*, Eddy Grant, 1983.

–Eres muy agudo, detective –tuvo que sonreír–. Parece que has ganado dos entradas para el concierto. Aguanta –activó el micro–. Tenemos un ganador.

Paciente, la señora Fletcher la observó trabajar, sonriendo al oír la voz de su hijo por los altavoces.

–Felicidades –dijo Cilla después de poner otro disco.

–¿Es que no vas a ir al concierto conmigo?

–Si tienes suerte. Debo dejarte.

–¡Eh! –gritó antes de que pudiera cortarle–. Todavía no he oído *Dueling Banjos.*

–Sigue escuchando –después de respirar hondo, se volvió hacia la madre de él–. Lo siento mucho.

–No pasa nada, de verdad. ¿Hablábamos de la boda?

–No sé si se va a celebrar alguna. Quiero decir, no hay ninguna boda –se pasó una mano por el pelo–. No lo creo.

–Ah, bueno... –en sus labios jugueteó una leve sonrisa–. Estoy segura de que Boyd o tú nos lo comunicaréis. Te quiere mucho. ¿Lo sabes?

–Sí. Al menos eso es lo que creo.

–Me contó lo que le sucedió a tus padres. Espero que no te moleste.

–No –volvió a sentarse–. Señora Fletcher...

–Liz, por favor.

–Liz. Espero que no crea que estoy jugando a algo con Boyd. Jamás le pediría que cambiara, y no sé si podría vivir con lo que hace.

–¿Porque te da miedo que sea policía? ¿Te da miedo que pueda morir y dejarte, como hicieron tus padres?

–Supongo que el fondo de la cuestión se reduce a eso –bajó la vista y extendió los dedos.

–Lo entiendo. Él me preocupa –explicó la madre–. También entiendo que hace lo que debe hacer.

–Sí, es lo que debe hacer. He pensado mucho desde que fue herido –alzó la vista con expresión intensa–. ¿Cómo lo sobrelleva usted?

–Lo quiero –tomó la mano inquieta de Cilla entre las suyas.

–¿Y eso basta?

–Tiene que bastar. Siempre es difícil perder a alguien a quien quieres. El modo en que perdiste a tus padres fue trágico... y según Boyd, innecesario. Mi madre murió cuando yo tenía solo seis años. La quise mucho, a pesar de que dispuse de poco tiempo con ella.

–Lo siento.

–Un día se cortó en el jardín. Un corte leve al que no le prestó atención. Unas semanas más tarde falleció por envenenamiento de la sangre. Todo por un corte leve en el dedo pulgar con unas tijeras de jardín oxidadas. Trágico e innecesario. Cuesta decir cómo y cuándo nos será arrebatado un ser querido. Qué triste sería no permitirnos amar por temor a perder –apoyó una mano en la mejilla de Cilla–. Espero verte pronto.

–Señora Fletcher... Liz –dijo al detenerse en la puerta–. Gracias por venir.

–Ha sido un placer –observó el póster de una estrella de *rock* con el torso desnudo y el pelo hasta los hombros–. Aunque prefiero a Cole Porter.

Cilla sonrió al poner otra cinta. Después de la publicidad, le dio a sus oyentes quince minutos ininterrumpidos de música y a sí misma tiempo para pensar.

Cuando volvieron a encenderse las luces de la línea de peticiones, estaba nerviosa como una gata, pero decidida.

–Aquí Cilla O'Roarke en la KHIP. Han pasado cinco minutos de la medianoche y nuestras líneas están abiertas. Antes de recibir una llamada, tengo una petición propia. Es para Boyd. No, no se trata de *Dueling Banjos*, detective. Es una antigua canción de The Platters, *Only You*. Espero que estés escuchando, porque quiero que sepas... –por primera vez en su carrera, no supo qué decir–. Vaya, cuesta. Supongo que quiero manifestar que al fin he comprendido que solo estás tú. Te amo, y si la oferta sigue en pie, trato hecho.

Puso la canción con los ojos cerrados y dejó que fluyera por su cabeza.

Luchando por mantener la serenidad, contestó a todas las llamadas. Hubo bromas y preguntas acerca de Boyd, pero ninguno *fue* él. Había tenido el convencimiento de que la llamaría.

Quizá ni siquiera la había escuchado. Ese pensamiento hizo que apoyara la cabeza en las manos. Cuando al fin había reunido el valor para decírselo, él no la escuchaba.

«Ha sido una estupidez», se dijo después de sobrellevar las siguientes dos horas. «Es una estupidez anunciar que amas a alguien por la radio». Solo había conseguido abochornarse.

Cuanto más pensaba en ello, más se enfadaba. Le había pedido que escuchara, maldita fuera. ¿Es que no era capaz de hacer nada que le pidiera? Le había dicho que se marchara, y se había quedado. Le había dicho que no iba a casarse con él, y le había contado a todo el mundo que se casarían. Le había dicho que escuchara la radio, y la había apagado. Había desnudado su alma en público para nada.

–Ha sido toda una petición –comentó Jackson cuando entró en la cabina justo antes de las dos.

–Cállate.

–Bueno –tarareó mientras comprobaba la hora para el cambio de turno–. Los índices se van a disparar.

–Si quisiera a alguien contento, habría traído al Ratón Mickey.

–Lo siento –imperturbable, siguió tarareando.

Crispada, Cilla abrió el micro.

–Eso ha sido todo por esta noche, Denver. Son las dos menos dos minutos. Os dejo con el gran Jackson. Estará con vosotros hasta las seis de la mañana. Que lo paséis bien. Y recordad, cuando soñéis conmigo, que sea un buen sueño –apartó la silla–. Y si eres inteligente –le dijo a Jackson–, no dirás ni una palabra.

–Tengo los labios sellados.

Abandonó la cabina y de camino a la salida recogió la chaqueta y las llaves. Iba a irse a casa y a mojarse la cabeza. Y si Deborah había estado escuchando y la esperaba, mejor, ya que tendría a quien matar.

Con la cabeza gacha y las manos en los bolsillos fue hacia el coche. A punto de abrir la puerta, vio a Boyd sentado en la capota.

–Bonita noche.

–¿Qué... qué diablos haces aquí? –olvidada la ira, rodeó el vehículo–. Se supone que debes estar en el hospital. Aún no te han dado el alta.

–Escapé. Ven aquí.

–Idiota. Sentarte aquí en plena noche. Hace dos semanas estuviste a punto de morir y...

–Nunca en la vida me he sentido mejor –la aferró por la parte frontal de la chaqueta y la pegó a él para darle un beso–. Ni tú tampoco.

–¿Qué?

–Nunca has estado mejor en mi vida.

Cilla movió la cabeza para despejarla y retrocedió un paso.

–Métete en el coche. Te llevo de vuelta al hospital.

–Y un cuerno –riendo, volvió a pegarla a él y le devoró la boca.

Ella se mareó y se acaloró. Suspiró y se agarró a Boyd, dejando que sus manos le acariciaran la cara y el pelo. Le bastaba con tocarlo y saber que estaba recuperado, a salvo y que era suyo.

–Dios, ¿sabes cuánto tiempo ha pasado desde la última vez que me besaste de esa manera? –la abrazó mientras esperaba que se le aquietara el corazón. El costado le palpitaba al mismo ritmo–. Esos besos castos en el hospital no fueron suficientes.

–Nunca estabas solo.

–Nunca te quedaste el tiempo suficiente –le dio un beso en la cabeza–. Me gustó la canción.

–¿Qué canción? Oh –volvió a retroceder–. Estabas escuchando.

–Me gustó mucho –le tomó la mano y plantó un beso sobre la cicatriz–. Pero me gustó aún más lo que dijiste antes de ponerla. ¿Qué te parece si me lo repites a la cara?

–Yo... –soltó el aliento contenido.

–Vamos, O'Roarke –paciente, le tomó la cara entre las manos. Sonrió–. Suéltalo.

–Te amo –lo dijo con tanta celeridad y evidente alivio, que él rio otra vez–. Maldita sea, no es gracioso. Te amo de verdad, y es culpa tuya que me sea imposible hacer otra cosa.

–Recuérdame que luego me dé una palmadita en la espalda. Tienes una voz estupenda, Cilla –la abrazó–. Y nunca has sonado mejor que esta noche.

–Estaba asustada.

–Lo sé.

–Creo que ya no –apoyó la cabeza en su hombro–. Es agradable.

–Sí. La oferta sigue en pie. Cásate conmigo.

Ella se tomó su tiempo, no porque tuviera miedo, sino porque quería saborearlo. Quería recordar cada segundo. Había luna llena y todas las estrellas eran visibles. Le llegaba un leve aroma a flores.

–Primero he de hacerte una pregunta.

–De acuerdo.

–¿De verdad podemos contratar a una cocinera?

–Desde luego –rio y la besó.

–Entonces, trato hecho.